MORITURI

DU MÊME AUTEUR

La Saignée, Belfond, 1970.
Comme des rats, Grasset, 1980 et 2002.
Fric-Frac, Grasset, 1984.
La Mort d'un ministre, Grasset, 1985.
Comment se tuer sans en avoir l'air, La Table Ronde, 1987.
Virginie Q., parodie de Marguerite Duras, Balland, 1988 (Prix de l'Insolent).
Bernard Pivot reçoit…, Balland, 1989 ; Grasset, 2001.
Ubu président ou l'Imposteur, Bourin, 1990.
Les Mirobolantes Aventures de Fregoli, Bourin, 1991.
Mururoa mon amour, parodie de Marguerite Duras, Lattès, 1996.
Le Gros Secret, Calmann-Lévy, 1996.
La Bataille, Grasset, 1997 (Grand Prix du roman de l'Académie française, Prix Goncourt et Literary Award 2000 de la Napoleonic Society of America).
Il neigeait, Grasset, 2000 (Prix Ciné roman-Carte Noire).
L'Absent, Grasset, 2003.
L'Idiot du village, Grasset, 2005 (Prix Rabelais).
Le Chat botté, Grasset, 2006.
La Grammaire en s'amusant, Grasset, 2007.
Chronique du règne de Nicolas Ier, Grasset, 2008.
Deuxième Chronique du règne de Nicolas Ier, Grasset, 2009.
Troisième Chronique du règne de Nicolas Ier, Grasset, 2010.
Quatrième Chronique du règne de Nicolas Ier, Grasset, 2011.
Cinquième Chronique du règne de Nicolas Ier, Grasset, 2012.
Tombeau de Nicolas Ier et avènement de François IV, Grasset, 2013.
Le Maître, Grasset, 2015 (Prix Palatine, Prix Montblanc de la ville de Genève).
François le Petit, Grasset, 2016.
Le Roman du Canard, dans l'album Le Canard enchaîné, 100 ans, Le Seuil, 2016.
Chronique d'une fin de règne, Grasset, 2017.
Quand Dieu apprenait le dessin, Grasset, 2018.
Les Aventures de Mai, Grasset, 2018.
Emmanuel le Magnifique, Grasset, 2019.
Les Cinq Plaies du royaume, Grasset, 2020.

(suite en fin d'ouvrage)

PATRICK RAMBAUD
de l'académie Goncourt

MORITURI

roman climatique

BERNARD GRASSET
PARIS

ISBN : 978-2-246-82740-5

à Tieu Hong pour l'éternité

à MM. Marcel Aymé et René Barjavel,
ces maîtres impeccables

« Il est fort possible que, moi aussi, je sois dingue – mais pas comme mes compatriotes.

Il m'est devenu égal de regarder mes concitoyens marcher en rangs à leur perte – du moment que c'est leur bon désir. Ce sont leurs funérailles, et non les miennes. »

Henry MILLER
Réflexions sur le mort de Mishima

1

La maison

« C'est là », dit Martin Portallier à ses amis. D'un geste de théâtre, il leur désignait la dernière maison à droite de cette impasse fleurie qui s'ouvrait au milieu de la rue d'Orléans, à Trouville où un train les avait déposés vingt minutes plus tôt en fin de matinée. C'était une villa anglo-normande du temps de Flaubert, aux colombages bruns sur un mur crème, au toit d'ardoise biscornu. Des mouettes se posaient comme une signature au bord de la longue cheminée.

— Grave, la baraque ! siffla Allison en ébouriffant ses cheveux blonds coupés court.

— Pas mal, concéda un Victor admiratif dont le ton de la voix démentait la mine blasée.

Le ciel était bleu et la villa en plein soleil.

Tous les trois avaient vingt ans et ils se ressemblaient avec leurs blousons et leurs sacs à dos pour uniques bagages. Ils vivaient au jour le jour. Leurs études ne les passionnaient guère, qu'ils suivaient par devoir, en nonchalants, pour ne pas déplaire aux familles qui les aidaient. Ils s'apprêtaient à entrer ensemble en deuxième année de Droit à la fac où ils avaient sympathisé. Ils entendaient se reposer avant la rentrée d'octobre chez les grands-parents de Martin, qui leur confiaient cette villa pendant les deux semaines où ils s'invitaient à Barcelone chez leur vieux complice Paco, un Catalan connu au cours de leur jeunesse et devenu un célèbre avocat qui exerçait encore près du Passeig de Gràcia. Il logeait dans deux appartements vastes et sombres. Il y avait ses bureaux et deux salons d'attente semblables mais séparés par un couloir afin que les plaignants ne se vissent point, surtout pour les nombreux divorces qu'il devait traiter.

Les trois amis marchaient lentement sur le gravier de l'allée, entre des rosiers à la seconde floraison, des boules joufflues de chèvrefeuille qui masquaient les jardins et les courettes. Ici une touffe de bambous, là des fuchsias aux tiges hautes, des buissons de lavande sans parfum, des lauriers sauvages qui poussaient n'importe comment. Dans ce décor apaisé, Allison s'était arrêtée devant la seule maison qui détonnait, un cube de ciment blanc élevé dans les années cinquante pour remplacer une villa que les Alliés avaient bombardée en ciblant Le Havre.

Elle dit à voix haute :

— Bonjour Madame…

— À qui tu parles ? lui demanda Martin en s'approchant.

— À la vieille qui nous regarde, là, à la fenêtre du rez-de-chaussée.

Martin et Victor s'avancèrent. Derrière l'arbre feuillu qui la cachait, une vieille dame se tenait immobile. Ils firent ensemble des politesses :

— Bonjour, dit l'un tandis que l'autre se fendait d'une courbette exagérée et sans doute moqueuse.

— Elle vous répondra pas, les prévint une voix féminine.

Ils se retournèrent mais ne virent personne.

— D'abord, reprit la voix, elle vous regarde pas.

— Mais si ! insista Allison.

— Mais non, continuait la voix de l'autre côté de l'impasse.

La vieille dame se tenait raide et debout derrière sa fenêtre grande ouverte. Les amis s'approchèrent de la grille blanche d'où venait la voix. Ils découvrirent dans une courette en contrebas une jeune personne qui bronzait en bikini sur une chaise longue, profitant à plein du soleil normand de septembre.

— Comment savez-vous qu'elle ne nous voit pas ? l'interrogea Allison.

— Elle regarde mais ne voit pas.

— Elle est aveugle ?

— Non.

— Qu'est-ce qu'elle regarde ?

— Le soleil qui tape sur le mur d'en face.

— Et pourquoi ?

— Parce qu'elle est à l'ombre du matin au soir. D'ailleurs elle ne voit personne, elle ne parle jamais. Une dame de la mairie la lève tôt et lui prépare son thé. Elle revient le soir pour lui faire avaler une soupe avant de la coucher. Le reste du jour, quand le temps est beau, elle se plante à sa fenêtre.

Martin changea de conversation :

— Vous êtes en vacances ?
— Je suis chez moi.
— Dans ce demi-sous-sol ?
— Aménagé en studio. C'est courant, ici.
— Je sais…
— Et vous allez où ?
— Chez vos voisins.
— Les Portallier ?
— Ce sont mes grands-parents.
— Bienvenue !

La fille se leva pour leur serrer la main au travers de la grille. Elle était grande, avec des cheveux noirs et longs qui tombaient sur ses épaules couleur caramel. Elle poussa ses lunettes au bout du nez pour mieux étudier les arrivants. Victor osa une question :

— Comment vous appelez-vous ?
— Isabelle…
— Entrez, les enfants !

Le grand-père de Martin venait d'ouvrir le portail de sa villa en les entendant papoter.

2

Chez les dinosaures

Le vieil homme poussait ses invités dans la cour de sa villa : « Entrez, entrez ! » Martin trouva son grand-père amaigri mais guilleret et le lui fit remarquer. « C'est parce que demain nous allons revoir Paco. Tu sais, avec lui, nous sommes les derniers survivants de notre petite bande d'autrefois. » Sur la longue table de jardin où il était assis auparavant, à l'ombre du chèvrefeuille, il ramassa sa canne, posée à côté d'un verre entamé de bourgogne blanc et d'un livre de Jim Thompson dont Martin essaya de lire le titre à l'envers.

— Tu as une canne, maintenant ?

— Hé ! Quand on accumule les années on a tendance à perdre l'équilibre. Elle est moche, cette canne de pharmacie ! Moi je voulais la canne à poignée courbe des deux Dupont ! Il n'y a que ça, aujourd'hui. On ne peut plus l'accrocher nulle part. Elle tombe tout le temps ! Mais présente-moi tes amis…

— Allison Bouvillon.

— Mademoiselle…

— Monsieur, merci de nous recevoir.

— Turlututu ! Appelez-moi Robert et oubliez vos *Monsieur* de cérémonie !

Ouf ! pensa Allison, il n'a pas risqué la plaisanterie habituelle sur mon nom : Bouvillon ? Comme le petit Bouvillon ? C'était le nom du fromage industriel que fabriquait son père, un produit pâteux et sans goût qu'il vendait par millions dans les grandes surfaces.

— Victor Audoin, continua Martin.

— Audoin ? C'est le nom de mon libraire de livres anciens...

— Rue Saint-André-des-Arts ?

— C'est ça. J'ai bien connu votre père. Un gros monsieur vissé à sa chaise qui consultait et annotait ses fiches au stylo.

— Vous parlez là de mon arrière-grand-père.

— Oui, reprit Robert, ma notion du temps s'effiloche. Eh bien vous ne serez pas dépaysé, ici ! Il y a des bouquins sur tous les murs ; un bon nombre viennent de chez Audoin, vous les reconnaîtrez peut-être... Il m'a ruiné, votre ancêtre !

— Navré, dit Victor parce qu'il n'avait rien à répondre d'intelligent.

— Se ruiner en livres, c'est s'enrichir.

— Mon grand-père avoue vingt mille livres...

— Il les a tous lus ? s'étonna Allison qui, elle non plus, n'arrivait pas à passer le stade de la banalité.

— Robert était professeur à la Sorbonne, un spécialiste de l'Antiquité romaine...

— C'est quoi, mon petit, ce décalcomanie sur ton avant-bras ?

— Ce n'est pas un décalcomanie, grand-père, mais un tatouage...

— Comme les Papous de Nouvelle-Guinée, oui, c'est à la mode... Et ça représente quoi ?

— Une fleur de lotus.

— De loin, alors...

— Tu n'aimes pas ?

— Je préfère les jolies choses.

— Et moi je préfère les robinets qui ferment bien.

— Quoi ?

— Regarde cette flaque d'eau, juste en dessous de ton robinet extérieur...

— Ça ? C'est ce qui reste de l'averse de cette nuit. Tu sais que le sol n'est pas lisse.

Cette conversation tendue fut heureusement interrompue. Une femme aux cheveux blancs noués en queue-de-cheval apparut à l'une des fenêtres en surplomb du rez-de-chaussée. Elle portait une tunique à fleurs colorées et parlait d'une voix douce :

— Les enfants, vous arrivez pile à l'heure du déjeuner !

— Mathilde, laisse-les d'abord s'installer, lui répondit son mari.

— Okay ! Mais dans une demi-heure on se met à table.

— Allez, Martin, dit le grand-père, montre leurs chambres à tes amis...

— Venez.

Les trois amis grimpèrent l'escalier de bois encombré d'étagères de livres que Victor ne put s'empêcher de regarder en passant : « Tout Voltaire, tout Hugo... »

— C'est l'excellente édition de Massin, commenta le grand-père qui avait entendu.

— Je fais des crevettes chaudes, leur cria Mathilde.

— Et moi un risotto aux cèpes, ajouta Robert. C'est la saison des champignons, il faut en profiter.

Martin, suivi par Allison et Victor, était déjà arrivé au deuxième étage. Il expliqua :

— Là, c'est notre salle de bains. Ici, ma chambre habituelle; toi, Allison tu peux te poser ici, au milieu. Veinarde, tu auras un grand lit. Et toi, Victor, dans cette bibliothèque à droite…

Ils posèrent leurs sacs et Allison sortit son smartphone d'une pochette :

— J'appelle mes parents…

Quand ils redescendirent, tout était prêt sur la table rustique. Les crevettes grises de la région fumaient encore dans leur plat.

— On s'met où ? demanda Martin.

— Les garçons, sur le banc, la jeune fille sur la chaise en paille en bout de table, ordonna Mathilde.

Pendant qu'ils s'asseyaient, Robert se tenait à l'autre extrémité de la pièce, devant les fourneaux.

— Commencez sans moi, je fais le risotto. J'en ai exactement pour vingt minutes…

Il faisait revenir le riz dans un grand plat catalan en terre cuite et, quand il devint transparent, versa une louche de bouillon.

— Il faut toujours avoir un bouillon, les enfants. La preuve !

Les enfants ne l'écoutaient pas, ils étalaient leur beurre salé sur des tartines et commençaient à manger les crevettes que Mathilde leur servait à pleines cuillerées.

— Vous arrivez un jour de marché, leur expliqua Mathilde. Elles sortaient de l'eau, ces crevettes…

Robert surveillait son riz, la louche à la main, et remettait du bouillon.

— Dis-moi, grand-père, risqua Martin, tu te dévergondes ?

— Comment ça ? lui répondit Robert qui disposait les champignons déjà coupés sur son riz.

— Ben oui, tu lis un bouquin de Jim Thompson.

— *Le Criminel* ? C'est très bien mené. D'ailleurs, j'ai une idée à ce propos. Je vais vous raconter ça à table… Plus que cinq minutes…

— Il est toujours bavard comme ça, ton grand-père ? glissa Allison à mi-voix.

— Oui, dit Martin. On peut pas en placer une.

Quelques instants plus tard, Robert avait abandonné sa canne pour enfiler des gants de cuisine et s'emparer du plat qu'il posa, en boitant, au milieu de la table.

— Servez-vous, le risotto se mange chaud !

Il s'assit et reprit son discours :

— Tu t'étonnes, Martin, que je lise des polars...

— Ça ne te ressemble pas trop.

— Tu fais erreur. D'abord, je suis très tenté d'écrire un roman noir…

— Toi ?

— Moi.

— Sur quoi ?

— Les sujets ne me manquent pas.

— Avec des enquêteurs, des détectives et des assassins ?

— C'est ça.

— Tu vas les chercher où ?

— Dans l'Antiquité, chez ces Grecs et ces Romains dont j'ai raconté les aventures aux étudiants pendant un demi-siècle.

— Je ne comprends pas…

— Je vous explique…

Et Robert leur donna un cours à sa manière :

— Déjà, avant notre ère, l'humanité était poisseuse et ses héros monstrueux, comme chez Jim Thompson. Il fallait tuer ou être tué. Les hommes de ces époques troublées ressemblaient tous à Al Capone, avec leurs bandes de nervis et leurs abominables ruses. Le goût du pouvoir les gâtait aussi bien que nous. Les dieux se vengeaient de leur ingratitude en leur envoyant des catastrophes naturelles contre lesquelles ils ne pouvaient se mesurer…

— C'est votre principe ? intervint Victor, la bouche pleine.

— Mon principe, exactement.

— Peux-tu nous donner des exemples concrets ? reprit Martin.

— Je peux.

— Mange ton riz, Robert, lui dit Mathilde. Il refroidit…

— Oui. Un exemple ? Il y en a mille. Tenez, transportez-vous six cents ans avant notre ère. Vous allez étudier comment certains individus dissimulent pour s'approcher du pouvoir, y parvenir et le conserver. Gouverner, c'est mentir. S'il n'a pas l'élégance des princes toscans, Louis XI, ce maestro de l'hypocrisie politique, ramasse ce principe en un mot d'ordre : « Qui ne sait pas dissimuler ne sait pas règner »...

— Au fait, grand-père !

— Une histoire précise, Robert, quémanda Allison.

— Une histoire ? Celle de Pisistrate, par exemple.

— Ce sera votre premier volume ?

— Pourquoi pas ? Pisistrate est un guerrier. Il vient de remporter un combat contre Mégare. On le dit cultivé mais malheureux en affaires. Il est très décidé à utiliser son récent prestige. Avec l'accord du peuple qu'il sait cajoler, il va chiper le pouvoir à Solon, un représentant des classes aristocratiques et commerçantes...

— Comment ?

— Voilà le cœur de mon polar, qui commence par une mise en scène bien inventée...

— La suite ! la suite ! scandèrent en même temps Allison, Victor et Martin sous le regard apitoyé de Mathilde qui connaissait par cœur les affabulations de son vieux mari.

— Un jour, continua Robert en se servant de riz aux cèpes, un jour, donc, Pisistrate traversa la cité couvert de sang. Il avait barbouillé son char et ses mulets du sang d'animaux qu'il avait égorgés. Que répondre aux inévitables questions devant cette mascarade ?

— Que répond-il ? reprit en chœur et par politesse le nouveau public.

— Eh bien il ment. Il crie très fort qu'on a voulu l'assassiner. Il le répète au milieu de l'Assemblée d'Athènes : « Je viens d'échapper à un attentat ! Protégez-moi des ennemis du peuple ! » Surpris, les notables lui demandent : « Que veux-tu, Pisistrate ? » Le filou ne se démonte pas, il a préparé son effet : « Je veux une garde personnelle. » Solon n'est pas dupe et le fait savoir : « Une garde ? Sûrement pas ! Personne n'a voulu te tuer ! Tu n'es qu'un dissimulateur ! »

— Alors ? dit Allison.

— Après ? demanda Victor.

— Vous voyez, les enfants, vous êtes accrochés à mon récit. L'Assemblée n'écoute pas Solon. Les gens par nature donnent foi à l'exagération. Elle accorde cinquante gardes à Pisistrate. Fort de ce gang, il recrute aussitôt quatre cents hommes, les arme, marche sur l'Acropole et se nomme tyran d'Athènes...

— Solon est tué ?

— Pas la peine. Il a protesté en vain: « Athéniens, individuellement vous êtes des renards, mais tous ensemble vous êtes des oies ! » Puis il pend à sa porte son bouclier et ses armes avant de quitter la vie politique...

— Beau scénario.

Victor reprit une dernière cuillerée de risotto et lorsque ce déjeuner-spectacle fut terminé, les jeunes, qui avaient trop mangé, désertèrent la table pour faire une sieste à leur étage.

— Vous n'allez pas voir la mer ? proposa Mathilde.

— Ce soir, de toute façon, nous dînons à vingt heures, annonça Robert.

Pour toute réponse, les jeunes grimpèrent se reposer. Sur le seuil de sa chambre, Allison dit à Martin :

— Il est un peu saoulant, ton grand-père, mais il est rigolo…

— Et pas un cheveu blanc, souligna Martin.

— Non, à part dans la barbe…

— Qu'il taille aux ciseaux tous les mardis.

— Ils ont toujours des horaires ?

— Un peu de patience ! Ils partent tôt demain matin. Et ensuite, à nous la liberté !

— Je suis certaine que Mathilde prépare déjà le dîner.

— Tout juste. Et je connais le menu. Elle prépare une ratatouille et lui, il va enfourner un rôti de bœuf qu'il a commandé place du marché, à Deauville. C'est de l'aiguillette de rumsteack.

— Ils ne pensent qu'à bouffer ? soupira Allison en se vautrant sur son grand lit.

— Que leur reste-t-il ? Faut les comprendre.

Puis ils se perdirent dans la contemplation de leurs écrans jusqu'au dîner obligatoire.

3

Enfin seuls !

Le lendemain, Martin fut réveillé par le soleil.

Il regarda son portable et se leva d'un bond :

— Zut ! Déjà plus de midi !

Il enfila un pantalon de toile et dévala les escaliers : ses grands-parents étaient partis depuis longtemps. Sur la longue table en bois brut ils avaient préparé des bols et des croissants ; une cafetière italienne attendait sur le fourneau. Il y avait aussi une multitude de petits mots écrits à la main pour indiquer le fonctionnement de la cuisinière, du thermostat, des compteurs de la cave, avec des recommandations diverses et leur numéro de téléphone à Barcelone. Martin trouva également une enveloppe à son nom avec une liasse d'euros pour leurs dépenses du séjour. Il y avait même deux trousseaux de clefs. Martin se frotta la nuque : il n'aurait pas dû boire de vin hier soir, qui l'avait assommé et plongé dans un sommeil de brute. Sinon, le dîner de la veille ne s'était pas mal passé, son grand-père avait parlé tout le temps de ses projets de romans noirs auxquels il ne croyait pas car il savait que Robert n'en écrirait pas une ligne. Ils l'avaient tous écouté et Martin le remercia mentalement de ne pas avoir embrayé sur les affaires de famille dont ses amis se fichaient mais qui l'auraient à leurs yeux rendu ridicule. Robert n'avait pas chanté ses inusables ritournelles : « Quand Martin avait cinq ans, il aimait Henri IV et les babas au rhum. » Rien non plus sur son père qu'il passait son temps à dénigrer : « Avant d'être antiquaire, mon bon-à-rien de fils était brocanteur. Avec une chaise d'époque il en faisait quatre. Un pied ancien lui suffisait, qu'il reproduisait, puis il tirait à la chevrotine sur le bois neuf qu'il enterrait ensuite pour le faire vieillir… Il faut être rusé quand on est malhonnête. »

Allison descendit à son tour, dans un long tee-shirt qui lui tombait sur les genoux. Elle bâillait et s'étirait :

— Ils sont partis ?

— Je t'avais dit qu'ils prenaient un train le matin.

— Ils ont acheté des croissants ? C'est gentil, ça.

— Bien sûr ! Ils sont pénibles mais gentils, dit Martin en allumant le feu sous la cafetière.

— Et un café noir pour nous réveiller !

— Ils ont aussi ouvert les volets…

— On est chez nous ! jubila Martin en tombant sur le canapé noir recouvert de coussins.

Allison se posa sur le banc en face de son bol :

— Bon… Qu'est-ce qu'on fait, aujourd'hui ?

— Rien, grogna Martin.

— Rien du tout ? Quel programme ! Hé ! C'est quoi, ce glouglou ?

— Le bruit de l'eau qui monte dans la cafetière.

Martin se redressa, éteignit la flamme et apporta le café sur la table :

— Je te sers ?
— On n'attend pas Victor ?
— À chacun sa paresse. Tu veux du café ?
— Je préfère du thé…
— Il y a des sachets dans le placard. Tu n'as qu'à faire bouillir de l'eau dans une petite casserole.
— Bon, j'y vais…
— Maintenant, chacun pour soi.
Un Victor ensommeillé entra dans la grande pièce :
— Je vois qu'on m'a pas attendu ?
— Non. Tu veux un croissant ?
Il s'assit à son tour au bout du banc, se servit un café avec des gestes de somnambule, y mit deux sucres et trempa son croissant dans le bol.
— C'est un peu rustique, ici, hein ? Pas si confortable…
— Mais on fait ce qu'on veut.
— Que veut-on, au fait?
— Réfléchir, par exemple, dit Allison en remuant son sachet de thé dans son bol d'eau chaude.
— Réfléchir à quoi ?
— À notre avenir, tiens !
— Il est tout tracé, grimaça Victor.
— Tu rigoles ?
— J'en ai l'air ?
— On ne m'ôtera pas de l'idée que nous sommes des privilégiés, poursuivit Allison.
— Parle pour toi ! la reprit Martin.
— Elle a raison, enchaîna Victor qui entamait son deuxième croissant.

— Comment ça, elle a raison ? Privilégiés en quoi ?

— On fait ce qu'on veut.

— Mais qu'est-ce qu'on veut ?

— Sais pas…

— Les études de droit, on s'en moque, on veut pas devenir avocats…

— Quoiqu'en ce moment, les avocats sont bien vus.

— Faire passer un coupable pour un innocent, dit Victor, remarque que ça doit être jouissif.

— Tu trouves ? coupa Allison. Défendre un monstre, okay, ça te pose, ça te construit une réputation, mais il y a des limites. Et porter cette robe noire avec ce jabot grotesque…

— C'est l'uniforme qui te pose, ma cocotte…

— Moi j'aime pas les uniformes, reprit Martin.

Victor se leva, alla se draper dans l'un des grands rideaux beiges, et, avec des gestes de plaideur, commença son discours :

— Sommes-nous vraiment des privilégiés? Voilà ce dont on débat.

Du bras, il désigna ses amis assis à leurs places :

— Nous ne devrions pas avoir de problèmes d'argent, d'accord. En cas de malheur à l'université, je pourrais toujours reprendre la librairie de livres anciens…

— Et moi, dit Martin, notre boutique d'antiquités du boulevard Saint-Germain.

— Le luxe a de l'avenir…

— Et moi ? ronchonnait Allison. Vous me voyez à la tête d'usines de fromage ?

— Un joli paquet de thunes… Évidemment c'est moins noble.

Ils s'interrogeaient sur leurs privilèges et décidèrent en fin de compte qu'ils avaient toutes les qualités pour finir en victimes :

— Eh oui, plaidait Victor, toi, Allison, tu es une femme, et tu peux jouer facilement les féministes, ce qui te sauve, mais nous, hommes et blancs ? Nous sommes mal partis…

— Partons ! trancha Allison en reposant son bol vide sur la table.

— Où ça ?

— Voir la mer.

4

Marée haute

En moins d'une heure, ils étaient prêts. Allison dégringola les huit marches du perron, entre les géraniums en pot, la menthe et la sauge, dont elle détacha une feuille d'un vert tendre pour la respirer :

— On s'en sert comment, de cette plante ?

— Mes grands-parents la cuisent avec de l'ail et de l'huile d'olive, et ils y mélangent leurs pâtes.

— Ça a l'air facile à faire. On en fera ?

— Houlà ! les interrompit Victor.

— Qu'est-ce qui se passe?

— Le temps tourne.

Il montra les nuages qui se formaient au-dessus de leurs têtes, et les mouettes qui tournoyaient en patrouilles désordonnées.

— Normal, en Normandie : le temps change vite et plusieurs fois par jour, précisa Martin en connaisseur.

— Bon, on y va quand même, se résolut Allison en ouvrant le portail.

— J'arrive, dit Martin en fermant à clef la porte principale.

— T'es obligé de tout boucler ?

— Selon les instructions de Robert, oui.
— Il n'y a pas un chat, dans cette impasse.
— Je sais. En septembre, la plupart des résidents sont rentrés à Paris pour bosser, mais Robert tient à ce qu'on boucle la maison.
— Par trouille des rôdeurs ? plaisanta Victor.
— Par prudence.
— Tu as fini? Allez, viens !
Allison attendait les deux garçons sur le gravier de l'allée. La vieille d'en face était immobile derrière ses vitres.
— Vous venez ou quoi ? répéta Allison aux garçons.
Victor tenait le portail ouvert :
— Qu'est-ce que tu fabriques encore, Martin ?
— Je regarde la flaque d'eau, sous le robinet extérieur. Depuis notre arrivée, elle n'a pas bougé…
— Pourquoi veux-tu qu'elle bouge, nigaud?
— Je sais pas, j'y vois comme un présage…
— À la mer ! cria Victor.
— À la mer, répéta Martin en sortant rejoindre les deux autres après avoir verrouillé la porte du jardin.
— On dirait que tu es gardien de prison, avec ton trousseau de clefs, plaisanta Victor.
— Ça va, ça va…
Arrivés rue d'Orléans ils tournèrent à gauche.
— Elle est loin, la mer ? demanda Allison.
— À cent mètres, ou deux cents, je sais pas trop, j'ai jamais mesuré les distances, dit Martin. Disons qu'on en a pour cinq minutes.

Ils marchèrent en cadence jusqu'à la petite rue des Rosiers où ils obliquèrent, croisant un couple de vacanciers attardés qui rentraient sans doute chez eux avec leurs paniers et un parapluie.

— Tu as vu ces pessimistes, avec leur pépin ? s'amusa Allison.

— Des vrais Normands, donc prévoyants…

Ils continuèrent.

Rue Victor-Hugo, la plus large des voies qui longeaient la côte, ils virent d'autres groupes de trois ou quatre personnes qui semblaient revenir de la plage, avec des serviettes, des parasols pliés, des sacs bien remplis.

— Dès que le soleil s'en va, disait Martin, ils regagnent leur tanière…

Ils s'arrêtèrent rue Victor-Hugo au bord du trottoir, pour laisser filer deux autos qui roulaient trop vite. Martin pesta, puis :

— On y va… dit-il enfin.

Ils passèrent de l'autre côté, et il poursuivit :

— Par chance, si la marée est basse, vous pourrez mesurer la taille de la plage. Après une bande de sable blanc et poudreux, le brun du sable mouillé jusqu'aux premières vagues…

Des grappes de gens sortaient de la rue de Paris comme ils y entraient.

— Demande-leur si la mer est éloignée, dit Allison, puisqu'ils en arrivent.

— On va le découvrir par nous-mêmes, c'est tout près, maintenant...

— Cette rue donne sur la plage? demanda Victor.

— Oui, directement sur l'allée de planches, les tennis et les cabines de bain...

La rue montait légèrement jusqu'à un dos-d'âne. Quand ils atteignirent celui-ci, alors que la rue tombait enfin vers la plage, ils furent surpris par le spectacle qui s'offrait. Le bas de la rue de Paris était sous les eaux.

— C'est une fuite? s'interrogea Martin.

— Tu nous agaces avec tes fuites! le reprit Victor. C'est la mer, tu vois pas ? Regarde les vaguelettes...

— Bravo pour la marée basse! saluait Allison.

— C'est pas possible, dit Martin avec un air stupide. La mer n'est jamais montée aussi haut!

— Eh bien si! insistèrent les deux autres.

— Essayons d'avancer...

— Dans l'eau?

— Jusqu'au coin de la rue...

Ils roulèrent leurs pantalons au-dessus des genoux, ôtèrent leurs baskets et avancèrent en file vers la plage; ils marchèrent ainsi à tâtons, en s'appuyant aux murs et aux façades closes des boutiques; ils ressentaient sur leur peau le battement doux des premières vagues. À l'extrémité de la rue de Paris ils découvrirent un nouveau décor : la plage entière avait été engloutie par la marée, ne subsistaient plus que les hautes structures des grillages du tennis, les toits pentus des cabines en bois où s'entreposaient matelas pneumatiques et filets à crevettes, les murs carrés et le haut des baies vitrées d'un restaurant avancé face à la mer. La promenade de planches où il faisait bon déambuler sans piétiner dans le sable mou était sous l'eau. Çà et là flottaient comme des débris les bouées d'enfants venus de la piscine en plein air ou les vêtements de baigneurs surpris qui n'avaient pas eu le temps de se rhabiller, ainsi que quelques flacons de shampoing en matière plastique. Là-bas, à l'horizon, s'alignaient comme d'habitude les silhouettes des cargos qui attendaient de pouvoir accoster dans le port du Havre dont la pointe longiligne se dessinait encore.

— Je n'ai jamais vu ça ! dit Martin, interloqué.

— Les grandes marées, mon vieux, lui répondit Victor.

— Aucune marée ne monte aussi haut ! insistait Martin.

— Aujourd'hui, si.

— C'est malin, râlait Allison, je suis trempée !

Ils se tenaient l'un contre l'autre pour contempler cette mer grise qui avait ravagé le paysage familier de Martin.

5

À l'abri

Il se mit à pleuvoir. Ce n'était pas une averse mais plutôt une bruine. Ils cherchèrent de l'œil un possible abri. Les terrasses vitrées des établissements qui bordaient la plage d'hier étaient désormais battues par des vagues continues et lentes. Nos amis rebroussèrent chemin pour tourner dès que la chaussée était sèche dans une rue parallèle au front de mer. Ils remirent leurs pieds mouillés dans leurs baskets de toile pour mieux allonger leurs foulées sur le bitume, tournèrent encore pour rejoindre la rue principale. Martin, qui savait les lieux, les dirigea vers un bistrot bien nommé, *Le Neptune* :

— Posons-nous d'abord, on a besoin d'un remontant, pas vrai ?

— Au Monoprix on pourrait faire des provisions pour ce soir…

— Demain matin on fera des courses, décida Martin.

— On n'a rien pour ce soir…

— On regardera dans les réserves, on fera l'inventaire. Ce soir, on dîne dehors.

— Sous la pluie ?

— La pluie ne dure pas, ici. Allons nous asseoir dans ce bistrot, d'abord on séchera et on attendra le retour au calme.

Ils se pressèrent sur une banquette en moleskine, à la lueur crue des néons allumés tôt. Ils se croyaient au fond d'un aquarium.

— Qu'est-ce que j'vous sers, les jeunes ? leur demanda le patron en quittant sa télé où passait un feuilleton niais.

— Un calva ! lança Martin.

— Moi aussi, enchaîna Victor.

— Un jus de tomate, dit Allison.

Le patron disparut derrière son comptoir. Ils étaient seuls dans ce bar, croyaient-ils, mais un barbu avec un bonnet tricoté les apostropha depuis la pénombre, au fond de la salle, où il sirotait un demi :

— Vous arrivez d'la mer ?

— C'est la mer qui est arrivée jusqu'à nous, plaisanta Victor.

— Vous avez vu, hein ?

— Ah oui !

— J'avais jamais vu ça, reprit le patron, un moustachu bedonnant qui amenait les consommations sur un plateau et les posa sur la table en bougonnant.

— Les grandes marées ? le questionna Martin.

— Pas du tout. Elles sont prévues dans trois jours, vendredi.

— Alors ?

— Alors il est déréglé, le temps.

— C'est déja arrivé, à ce point-là ?

— Jamais ! Jamais connu ça en vingt ans que je suis là.

— Il y a une explication ?

— Pas …

— Moi j'ai vu un reportage, dit l'autre client. On y montrait la banquise qui fond…

— C'est pas c'qui fait monter l'eau dans la Manche, le corrigea le patron.

— La glace qui fond, faut bien qu'elle aille quelque part !

Allison secouait du Tabasco et du sel de céleri dans son jus de tomate tandis que Victor consultait son portable :

— La météo ne prévoit aucune marée exceptionnelle sur la côte…

— Faut r'garder la météo marine, jeune homme. Ici y'a qu'ça d'juste, intervint le patron.

— La météo marine, oui, dit le client en hochant la tête pour souligner cette évidence.

— Que dit-elle, votre météo marine ? reprit Martin.

— J'y comprends rien à ces millibars et à ces chiffres ! s'énerva Victor.

— Y n'ont rien prévu, les spécialisses ! dit le client. Yvon ! Un autre, dit-il encore en désignant son verre vide.

— Ça va, dit le patron en prenant le verre.

— Vous avez une explication à ce phénomène ? demanda Victor en se tournant vers le soiffard.

— Un phénomène, vous avez dit le mot. Un phénomène, ah ça oui ! Je connaissais les tempêtes, j'ai même vu le feu de Saint-Elme sur mon bateau…

— Éloi était marin, expliqua le patron en lui servant un nouveau demi.

— Il y a forcément une raison, affirmait Martin.

— Ben cherchez là, mon p'tit monsieur ! dit le marin sur un ton fataliste.

— Vous v'nez d'la ville ? dit le patron.

— Oui…

— Vous pouvez pas comprendre les caprices de l'eau.

— Si, intervint Allison, le nez sur son écran. À Paris la Seine a envahi les voies sur berge…

— Ah ben alors ! réagit le patron. Deux autres calvas ?

— Deux autres !

— On retourne à la villa ? proposa Allison. Je suis sèche.

6

Un dîner arrosé

La pluie avait cessé mais le ciel restait lourd et sombre ; à deux heures, cet après-midi-là, on aurait dit qu'il était neuf heures du soir. Comme la plage n'existait plus et que la côte semblait mangée par les eaux, nos trois amis se replièrent vers leur villa. Allison avait tenté d'entraîner ses compagnons au Monoprix dont elle avait remarqué l'enseigne mais Martin savait que le lendemain mercredi il y aurait un marché le long du quai, d'après le petit mot que sa grand-mère avait laissé sur la table du rez-de-chaussée. Et puis il voulait qu'on fît un inventaire des provisions que ses grands-parents leur avaient laissées avant d'en acheter de nouvelles. On n'allait pas se charger de boîtes de sucre s'il y en avait assez. Avec ce temps maussade qui s'installait, ça ne servait à rien de s'éparpiller, il convenait de faire des choses dictées par la raison et l'ordre.

Sur le chemin du retour, les rues étaient désertes et les trottoirs mouillés par la dernière averse à laquelle ils avaient échappé en sirotant un verre à l'abri. Dans leur impasse, les volets des autres villas demeuraient fermés, mais ils avaient bien distingué la silhouette de la vieille plantée derrière sa fenêtre, et au fond de sa cour de la lumière filtrait derrière les voilages tirés de leur jeune voisine qui devait avoir allumé sa télévision. Martin sortit son trousseau de clefs et ouvrit le portail sous les moqueries de Victor :

— Faut se protéger des fantômes, t'as raison !

Ils accrochèrent leurs blousons aux patères indiennes de l'entrée achetées chez un antiquaire éphémère de mobilier exotique, puis chacun regarda les messages de son portable, pour s'assurer qu'on pensait à lui. Martin avait justement reçu un texto des grands-parents Portallier à Barcelone, ils revenaient de leur brasserie d'autrefois, plus ancienne que le *Procope* parisien, *Las siete puertas*, en face de la Grande Poste, où Robert avait enfin pu dévorer le riz à l'encre dont il rêvait ; ils espéraient que leur séjour avait bien débuté et qu'ils avaient pu aller à la plage profiter du soleil pour se défaire de leur teint pâle de citadins. « S'ils savaient », marmonna Martin.

— Tu ne leur réponds pas ? demanda Allison.

— C'est vrai, il faudrait qu'ils sachent, dit Victor.

— Qu'ils sachent quoi ?

— Qu'il n'y a plus de plage !

— Pas la peine... L'eau va finir par se retirer. Laissons passer les grandes marées et nous aviserons.

— Bon, bon, c'est toi qui connais les sautes d'humeur de la Normandie...

Ils allumèrent les trois lampes de la grande pièce et auscultèrent les placards.

— Non, là ce sont la vaisselle, les plats, les assiettes. Regardons dans le débarras, à côté du frigo...

Ils trouvèrent des paquets de riz basmati et une provision de pâtes italiennes de diverses formes, de quoi nourrir un régiment, remarqua Victor en brandissant un paquet de fusilli…

— Donc, demain essayons de nous lever tôt pour compléter ces réserves au marché.

— Et ce soir ?

— Je vous l'ai déjà proposé : ce soir, je vous invite au restau.

— D'accord, après nos émotions de la journée, dit Victor, j'accepte.

— Si tu offres, acquiesça Allison.

— J'offre ! Les grands-parents nous ont laissé une liasse de billets dans une enveloppe.

— Sympa !

— Beaucoup ?

— Pas mal, oui.

— Il y a aussi des conserves, dit Allison en continuant l'inspection des placards. Tiens, un confit d'oie, des sardines au citron vert, du jambon espagnol sous vide…

— Et des terrines…

— Il y a un congélateur ?

— À la cave.

— Je suppose qu'il doit être bien garni…

— Descendons voir.

— Non, dit Allison, j'ai besoin d'un bain chaud pour me détendre…

— Prends la salle de bains du premier étage, à côté du bureau encombré de Robert. Attends, je te donne une serviette…

Il ouvrit l'armoire coincée entre les bibliothèques et déplia une serviette de bain en tissu éponge.

Allison monta à l'étage tandis que Victor furetait dans les livres qui couvraient tous les murs, à la recherche des ouvrages rares qui venaient à coup sûr de sa librairie familiale.

— Tiens, celui-là vient de chez nous, dit-il en tirant une petite reliure brune qu'il ouvrit. C'est un bouquin anonyme publié en 1830 à Bruxelles, où ton grand-père a noté au crayon le nom de l'auteur... Un recueil des conversations que Napoléon a tenues à ses visiteurs de l'île d'Elbe qui lui demandaient de revenir.

— Tu vas reprendre la librairie de papa, toi ! s'amusait Martin.

— Usons et abusons de nos facilités ! compléta Victor en riant.

— Si on allait dîner ?

— À cinq heures du soir ?

— Si Allison a fini de barboter, oui.

Ils allèrent tous les deux au pied de l'escalier et crièrent ensemble :

— Allison !

— Ouiii ! répondit une voix à l'étage.

— Tu viens ?

Allison descendit, enroulée dans un peignoir jaune trop grand pour elle, mouillant les marches de l'escalier et le parquet ; elle portait ses vêtements sur le bras.

— Vous voulez ressortir ?

— Miam miam, répondit Martin.

— Je m'habille et on y va...

Elle ôta le trop grand peignoir et s'habilla en effet devant les deux garçons auxquels elle répliqua :

— Oh, ça va ! Pas de pudeur idiote ! On est dans la même barque. En maillot ou à poil, c'est pareil.

— Pas tout à fait, murmura Victor en louchant sur les fesses rebondies de sa copine.

Allison, avec naturel, n'était pas gênée une seconde pour boucler ses jeans et enfiler son tee-shirt vert pomme.

— Je suis prête, dit-elle. On y va ?

— On y va.

— On peut dîner si tôt ?

— Je connais un endroit ouvert toute la journée...

— C'est loin ?

— Non.

— Alors qu'est-ce qu'on attend ?

— Tu veux que j'aille chercher tes baskets ? demanda Victor.

— Si on reste dans le coin, ce n'est pas la peine...

— Tu veux y aller pieds nus ?

— Qu'est-ce que ça fait ? On se mettra en terrasse, il ne pleut plus. Regardez, le ciel s'est éclairci. Et puis, mes baskets sont encore humides...

— Allez ! dit Martin. J'ai faim !

Ils décrochèrent leurs blousons et sortirent sur le perron. Après la cérémonie ordinaire des clefs, ils avancèrent une fois encore sur l'allée de graviers, qu'Allison emprunta sur la pointe des pieds jusqu'au goudron plus lisse de la rue d'Orléans qu'ils avaient déjà l'impression de connaître, avec ses petits trottoirs étroits et ses maisons basses aux volets clos. Au-delà de la place Tivoli, ils remontèrent la rue des Bains, normalement commercante, dont la plupart des boutiques, à cause des intempéries sans doute, avaient baissé leur rideau de fer, sauf le tabac où Victor entra acheter des cigarettes dont il alluma la première en rejoignant ses amis.

— Tu fumes, Victor ? demanda, surprise, Allison.

— Étant donné les circonstances, je me permets tous les excès…

Ils débouchèrent bientôt sur les quais, en face des bâtiments classés du marché aux poissons.

À l'angle, ils s'installèrent à la terrasse du Central où il y avait beaucoup de places libres à cette heure. Deux tables seulement étaient occupées par des familles qui avaient prolongé leur déjeuner et en étaient au café.

— Il n'y a pas foule, à Trouville, dit Martin au serveur empressé qu'il connaissait de vue depuis des années.

— À cause du temps, M. Portallier. Vos grands-parents vont bien ?

— Oui, oui. Ils sont à Barcelone.

— Où ils ont du soleil, ajouta Allison en regardant la météo sur son écran, assise à une table protégée par une tente en toile cirée.

— Je crois que la pluie s'est arrêtée pour aujourd'hui, confirma le serveur en désignant une bande de ciel bleu du côté de la mer, au-dessus du casino.

— Espérons, dit Victor en s'asseyant à son tour.

— Vous savez ce que vous voulez ? demanda le serveur en distribuant des menus.

— Et si on prenait un grand plateau de fruits de mer pour nous trois ? proposa Martin.

— Riche idée ! acquiesça Victor.

— Profitons-en, s'accorda Allison.

— Et une bouteille de santenay, ajouta Martin qui commandait le même vin que son grand-père.

Ils se relâchèrent sur leurs fauteuils avec satisfaction après les déconvenues de la journée, et ils pensaient avec assurance que tout allait rentrer dans l'ordre et que, sitôt passées les grandes marées, la mer se retirerait sagement afin de les laisser profiter de la plage immense pour lézarder au soleil.

— Vous allez voir, expliqua Martin : Trouville ne vit vraiment qu'à partir du samedi. C'est devenu une ville de week-end pour les Parisiens.

Le serveur s'activait. Il déposait les hauts sous-plats où il servirait les huîtres et les crustacés, posait en dessous des carrés de beurre, une corbeille de pain bis, un pot de mayonnaise pour les langoustines et les bulots, puis il déboucha le santenay dont il remplit à demi le verre de Martin, qui fit mine de le goûter en connaisseur.

— Très bien, dit-il au serveur.

Victor alluma une nouvelle cigarette et prit la parole afin de meubler le silence :

— En fait, nous avons de la chance. Cette étrange montée des eaux est providentielle.

— Tu trouves ?

— Bien sûr ! Nous vivons enfin un événement exceptionnel ! Ça ne nous est jamais arrivé, non ?

Les deux autres protestèrent devant l'optimisme de Victor et pourtant il avait raison. Pour la première fois, ils risquaient de participer à un danger déterminant et spectaculaire. Quand, à l'aube de ce siècle, deux avions détournés percutèrent les tours jumelles de New York, ouvrant l'air d'un terrorisme aveugle et diffus, ils n'étaient pas encore nés. Quand un commando de fous très organisés mitrailla la salle du Bataclan, ils n'avaient que dix ans et n'en ressentirent point les effets, car à leur âge ils n'en avaient que des sentiments confus. Il y avait eu le Covid, bien sûr, mais on ne le voyait pas, ce virus insidieux, et on s'abandonnait aux médecins.

— Quand même, dit Allison, on a fini notre scolarité avec un masque sur le nez ou devant des écrans !

— Et on en est au cinquième vaccin ! reprit Martin.

— Aujourd'hui ce virus s'est banalisé et il tue moins que la grippe ordinaire à laquelle nous sommes habitués, dit Victor.

Il avait la parole et en profita avec une certaine verve en déclinant son idée :

— Ce qui n'est pas du spectacle n'existe pas ! Hier nous nous sentions privilégiés, mais en vérité non. Nous n'avons jamais eu de chance. Nous avons eu des enfances sans remous, donc sans histoires à raconter. Tout s'est joué sur du velours. Aucun souvenir affreux...

— Quand même, ajouta Martin, ma mère est morte quand j'étais très jeune...

— L'as-tu assez connue pour qu'elle te manque ?

— Tu as raison. J'en ai un souvenir trop flou, et quand j'avais quinze ans, mon père s'est remarié avec Dorothée qui en avait vingt-cinq…

— Tu ne t'es jamais disputé avec ta belle-mère ?

— Non, nous nous entendons très bien.

— Trop bien, risqua Allison.

Avant même que Martin ne répondît sur les relations complices qu'il entretenait avec Dorothée, le serveur posa sur la table un gigantesque plateau de fruits de mer, dans lequel ils piochèrent, les huîtres pour commencer. Seul Victor parvenait à parler encore la bouche pleine :

— Finalement, c'est une bénédiction qu'il nous arrive enfin quelque chose. Si cela tourne à la catastrophe, nous aurons enfin une idée de la vie !

— Une idée négative, compléta Martin.

— C'est mieux que pas d'idée, ajouta Allison en dépiautant une langoustine.

— Il faut que la vie nous heurte, ça permet au sang de circuler et de nous vivifier ! pontifia Victor en avalant sa sixième huître.

Martin se leva et, avec son portable, prit une photo de leur table, puis il se rassit et manipula son appareil.

— Tu l'envoies à qui, cette photo ?

— À Dorothée, justement. Elle adore les langoustines.

— Parce que vous en mangez souvent ? demanda Allison qui se débattait avec une carcasse.

— Je me souviens d'un dîner, à Granville, où mon père avait été pêcher avec des amis aux îles Chausey. Dorothée en avait mangé au moins dix en roucoulant d'aise…

— Hé ! dit Allison. Vous sentez ?

— Nous devons sentir quoi ?

— L'eau…

— Le temps est calme.

— Mais l'eau coule…

Allison leva une jambe et montra son pied mouillé. Ils se baissèrent tous pour regarder sous la table. Ils barbotaient dans l'eau. Allison, qui était pieds nus, l'avait aussitôt senti :

— L'eau monte…

7

Un mercredi sur les quais

Allison, Martin et Victor avaient eu l'intention de se balader jusqu'au casino, mais devant la soudaine montée des eaux qui les avait surpris attablés à la terrasse du Central, ils avaient renoncé. L'eau débordait maintenant sur les trottoirs le long des quais. Ils distinguaient au loin la statue de Flaubert debout sur son haut piédestal, épargné par les assauts de la mer, avec sa veste de pierre qui flottait toujours au-dessus d'un jardinet et semblait signaler aux passants la billetterie du bac, lequel traversait la Touques, vraie frontière avec Deauville ; le bateau était monté au-dessus des marches qui d'ordinaire y conduisaient, car la rivière atteignait la chaussée.

— Qu'est-ce qu'il fiche là, ton Flaubert ?

— Quand j'étais petit, je l'appelais Grosses Moustaches et il avait toujours une mouette sur le crâne.

Et Martin, qu'enchantait son rôle de guide sur la côte normande, fit le malin. Il expliqua qu'autrefois, la statue trônait sur l'esplanade devant le casino, parce qu'il regardait l'hôtel Métropole, aujourd'hui disparu, où il avait pour la première fois croisé Élisa Schlésinger dont il fit plus tard la Mme Arnoux de *L'Éducation sentimentale*. On avait déplacé la statue près du quai quand l'esplanade était devenue un parking.

— Tout passe, tout change, conclut Martin, fataliste.

— Rentrons, proposa Allison. On verra demain.

— Nous reviendrons pour le marché.

— S'il est installé, ton marché flottant…

Le serveur leur avait donné dans une boîte le restant de leur plateau de fruits de mer qu'ils allaient finir chez eux, et il avait entrepris, avec deux de ses collègues, d'éponger l'eau qui s'était infiltrée sur le carrelage de la brasserie. Les autres clients s'étaient déjà éclipsés. Le serveur avait le cœur à plaisanter pour conjurer le mauvais sort :

— Pas la peine d'aller plus loin pour voir la mer ; elle est là…

— Esperons que la nuit prochaine, elle va se retirer.

— Espérons…

Il n'était pas encore sept heures du soir mais les nuages s'amoncelaient et quelques gouttes en tombèrent. Ils mirent leurs blousons sur leurs têtes et redescendirent la rue des Bains où les pavés étaient encore secs. Ils pressèrent le pas : Allison, sans chaussures, se tordait les chevilles aux carrefours quand les pavés étaient plus saillants.

— Ça va ? lui dit Martin.

— Ça va, ça va…

L'orage éclata lorsqu'ils parvinrent à leur impasse sombre qu'éclairaient trois grosses lampes municipales.

Martin ouvrit et referma le portail derrière eux, puis ils purent déposer leurs provisions sur la grande table et allumèrent les lampes. Victor sortit des assiettes du placard et ils s'installèrent.

— Zut ! remarqua Martin, on n'a pas emmené la bouteille.

— Et y a même pas de Coca dans le frigo, se désola Allison.

— On boira de l'eau.

Malgré la pluie qui tombait dru, il faisait chaud. L'air était moite.

— Pas de l'eau du robinet, Victor, elle est trop calcaire. Il y a une ribambelle de bouteilles d'eau minérale dans le petit couloir. J'ai vérifié.

Il y eut un éclair et, dans la seconde qui suivit, le tonnerre.

— Il s'approche ou il s'éloigne, l'orage ? interrogea Allison.

— Écoute, encore le tonnerre… Il faut compter les secondes qui séparent l'éclair du roulement de tonnerre, pour le savoir. Plus c'est long, plus l'orage est lointain. D'ailleurs, il faiblit.

— Ça dégringole quand même…

— Où est la poubelle, s'inquiéta Victor, pour jeter nos carcasses de langoustines ?

— Prends un sac du Monoprix ; nous irons les jeter demain matin au bout de la rue dans les poubelles collectives…

Ils étaient fatigués de leur journée et montèrent se coucher vers dix heures du soir en croyant qu'ils avaient passé minuit. La pluie s'était ralentie mais n'avait pas cessé, ce dont ils s'aperçurent en fermant leurs volets. Ils se couchèrent sur leurs lits, en sueur et peu vêtus, sans allumer leurs lampes de chevet ni les lampions chinois en papier qui faisaient office de lustres. Ainsi bercés par les bruits de l'orage mourant et des rares cris de mouettes, ils somnolèrent encore longtemps en consultant leurs portables.

— La météo est épouvantable sur toute l'Europe, cria Allison à Martin, lequel n'avait pas fermé la porte de communication entre leurs deux chambres.

— Même à Barcelone, répondit Martin. Je viens de m'en assurer : le paseo Colón est battu par des vagues de dix mètres…

— À Paris, l'eau a coupé la circulation quai de la Mégisserie…

Ils s'endormirent bientôt en jouant avec leurs appareils, qu'ils retrouvèrent allumés au réveil.

Il pleuvait encore le mercredi matin quand ils ouvrirent les yeux, cependant cela n'empêchait pas la chaleur, une chaleur surprenante au mois de septembre. Ils étaient en nage. Allison se dirigea, somnolente, vers la salle de bains du deuxième étage et se fit couler un bain froid. Elle ne réagit pas quand Martin l'y rejoignit. Victor survint en se frottant les yeux :

— Je descends nous faire un café…

— On arrive.

Allison et Martin se séchèrent dans une même serviette de bain et s'habillèrent légérement avant de s'asseoir en bas devant leurs bols de café.

— Moi j'prends du thé, bon, tant pis, je bois un café avec vous, si ça remet d'aplomb.

— Y en a marre de ce temps pourri, grogna Martin devant la grande fenêtre qu'il venait d'ouvrir.

Il contemplait le chèvrefeuille qui sentait bon, puis il dévida le programme de la matinée :

— On prend le caddie, un parapluie, et on va au marché…

— Tu crois qu'il a lieu ?

— Sûrement. Ici, la pluie n'a jamais fait reculer les paysans qui viennent sur les quais vendre leurs saucisses ou leurs choux.

— Moi, dit Allison, j'irais bien m'acheter des bottes…

— Il y a justement un marchand de chaussures en face du marché.

À ce propos, Martin alla fureter dans un cagibi où ses grands-parents rangeaient leurs vêtements d'hiver.

— Il y a des bottes ! Ça m'étonnait qu'ils n'aient pas prévu cet accessoire normand...

Il n'y en avait que deux paires, à la taille des garçons qui laissèrent Allison les essayer, sachant qu'elles seraient trop grandes pour elle, ce qui se vérifia.

— Au marché ! décida-t-elle.

Elle sortit la première sur le perron et descendit les marches glissantes, en entraînant les deux autres dans son mouvement. Victor prit le caddie et laissa Martin dans son rôle de portier puisqu'il avait déjà les clefs en main.

— Légère accalmie, leur chanta Allison qui respirait les fleurs vivifiées par le déluge.

Ils remontèrent la rue des Bains où ils ne croisèrent personne, sinon le bijoutier qui fumait sur le pas de sa porte. Ils filèrent sans tarder jusqu'au magasin que connaissait Martin. La vendeuse regarda de biais cette jeune fille pieds nus qui trempait sa moquette après avoir traversé tant de flaques, mais elle lui trouva ce qu'elle cherchait, des bottes noires et cirées taille 38. Ce ne fut pas la peine de les empaqueter, Allison les enfila tout de suite et, bras dessus, bras dessous, ils traversèrent le boulevard tous les trois jusqu'aux étalages du marché derrière la rangée d'arbres. La Touques n'avait pas débordé et la mer n'était pas remontée si haut. Le marché s'étalait par tradition le long des quais et montait sensiblement jusqu'au pont des Belges qui menait à la gare, longue maison à colombages sous un vaste toit de tuiles.

Ils choisirent des produits faciles, dont un poulet rôti que la marchande ôta de sa broche, plus loin deux kilos de charlottes pleines de terre, puis des œufs pondus de la veille, du beurre salé…

Avant de s'en retourner plus bas vers le marché aux poissons où ils projetaient d'acheter des soles, ils s'établirent à une terrasse non loin du pont, sous des parasols qui, ce jour-là, avaient surtout protégé tables et chaises de la pluie matinale. D'ailleurs il ne pleuvait qu'à peine et Martin, dans un regain d'optimisme, leur montra tout au fond une bande de ciel bleu qui s'élargissait au-dessus de la mer.

— Ça va se lever, je vous dis !

Il prédisait même que la mer allait regagner sa place normale, qu'ils pourraient enfin découvrir la plage, que la vie allait reprendre son cours. Les garçons commandèrent deux bières à un serveur revêche, et Allison resta fidèle à son jus de tomate. Sur le trottoir d'en face, à l'extrémité du marché, sous la pente plus raide qui grimpait jusqu'au pont, Victor avisa l'un de ces vieux manèges retapés en couleurs vives, où figuraient des autos de course et un petit biplan parmi les chevaux de bois et les cochons roses. Victor eut envie de s'offrir un tour de ce manège, lequel attendait des clients pour tourner. Il se hâta de terminer sa bière et voulut entraîner ses camarades :

— Vous venez ? Moi, je réserve le petit avion jaune. Toi, Allison, tu serais grandiose à cheval sur le cochon…

Il se dirigea vers le guichet du manège où il fut le seul à monter, en essayant de se caser dans la carlingue pour enfants de l'avion à hélice, ce qui ne fut pas simple, mais après des contorsions il y parvint. Allison prit une photo de son ami qui bouffonnait en prenant des poses, puis elle rejoignit Martin tandis que Victor commençait à tourner.

Soudain, on entendit un bruit sourd et continu.

— Le tonnerre ? dit Allison.

— Non, trancha Martin.

8

La vague

Le bruit venait de la colline. Ce grondement ne cessait pas et prenait même du volume en s'approchant des quais. Il paraissait venir par la route de la côte qui conduisait à Honfleur en longeant la mer, et débouchait en face du pont. Les clients du marché ne semblaient pas inquiets mais certains tendaient l'oreille en payant leurs salades. Une vague énorme et brune de la terre emportée dans sa course déferla brusquement au carrefour avec la rue du Général-de-Gaulle, devant une pâtisserie et contre les vitres d'un café qu'elle fracassa. La vague avait débouché avec une folle puissance, charriant des voitures retournées qui se heurtaient l'une l'autre, et un arbre arraché parmi tant de débris mal identifiables. Une vague haute, qui léchait les façades serrées, renversa des panneaux, s'étala sur le quai en poursuivant ses ravages, emportant tous les obstacles, bancs publics, étalages de fruits, cageots, tentes mal assurées, emmenant tout dans les eaux de La Touques et s'y confondant avec des remous. On vit des marchandes en blouse attrapées par le courant, poussées, désarticulées comme des polichinelles, disparaître englouties malgré leurs réflexes de se cramponner à un abribus ou à une caravane renversés. Des corps surnageaient un temps avant d'être recouverts par le flot qui ne cessait de s'alimenter. Cela fut si brusque, si imprévisible, si inédit que personne ne fut capable d'y parer. La coulée boueuse se répandit sur la largeur du quai Fernand-Moureaux en balayant les terrasses des bistrots et en bousculant leurs rares consommateurs, dont Allison et Martin, jetés en arrière de leurs sièges. Et l'eau s'infiltrait partout. La porte de la salle de ce bar-tabac était coincée par les eaux mais elle s'entrouvrit sous la pression des consommateurs du dedans, lesquels sortirent, battus par le flot, pour tendre leurs mains à ces deux jeunes cueillis de plein fouet afin de les abriter à l'intérieur du bar, une jeune blonde en bottes noires et un garçon crispé sur son caddie.

L'eau avait pénétré dans la salle et des bras costauds, sans ménagement, traînèrent les deux jeunes sur les banquettes de moleskine rouge. Allison, mouillée de la tête aux pieds, balbutia :

— Le manège…

— Quoi, le manège ? la questionna un rougeaud en tablier bleu ficelé sur le ventre.

— Le manège, là…

Trois ou quatre des clients firent cercle autour des rescapés :

— Heureusement que les tables se sont imbriquées en se renversant sous la poussée et que l'eau ne vous a pas emportés…

Martin s'appuya sur son caddie pour se redresser dans l'eau qui avait eu le temps de couvrir le carrelage. Il regarda par la porte vitrée, aperçut une bande de mouettes qui se battaient autour du stand brisé d'un poissonnier d'où s'étaient échappés des merlans. Plus loin, près des étalages de légumes éparpillés, des choux flottaient, que des tourbillons embarquaient. Des toiles de tente se collaient aux troncs d'arbres et dégoulinaient. Des cageots vides flottaient.

Le patron en tablier bleu tendit un verre à Martin.

— Qu'est-ce que c'est ?

— Un remède. Ça te remettra les yeux en face des trous

— Mais encore ?

— Un p'tit calva, pour sûr.

Martin le but cul sec et inspira. Le front collé à la vitre, il chercha le manège des yeux. Celui-ci avait pris la vague de côté et s'était couché. Les animaux qui le composaient, débarrassés de leurs attaches, nageaient au hasard. Le petit avion où Victor s'était assis gisait sur le dos. Et son occupant ?

— Faut que j'aille voir, dit Martin.

— Voir quoi ?

— Nous avions un ami sur le manège…

— Attends que ça se calme, dit le patron.

— C'est calmé...

— Tu as vu Victor ? demanda Allison, qui tenait elle aussi un verre de calva.

— Non.

— Eh bien il a disparu, vot'ami, dit le patron.

— Elle venait d'où, cette eau ? dit Allison. Ce n'est pas la mer qui dégringolait des collines.

— Non, c'est la pluie.

— La pluie ?

— Là-haut, plus rien ne la fixe, la pluie. Alors elle nous dégouline dessus.

— Vrai, intervint un client. Dire qu'on a coupé les haies et les arbres, là-haut, pour bétonner des résidences à touristes ! Et voilà l'résultat !

Une voiture de la police municipale freina à leur hauteur dans une gerbe d'eau.

Martin en profita et poussa la porte vers l'extérieur. Il s'esquiva au-dehors, à la rencontre des policiers.

— Messieurs ! Un ami est resté coincé dans ce manège.

— On va voir...

Il accompagna les policiers et voulut les aider à dégager ce qui restait du manège. Lorsqu'ils remirent le petit avion à l'endroit, il était vide.

— Mon copain a dû réussir à s'échapper.

— M'étonnerait, mon gars.

— Ouais, il a plutôt été emporté.

— Comment ça ?

— Emporté par le courant.

— Mais où ?

Le chef de la patrouille fit un geste vague.

Martin considéra le chaos.

— Nous, mon p'tit meussieur, on va surveiller les recherches. Les pêcheurs vont nous aider. Avec les pompiers, ils vont jeter leurs filets dans la rivière jusqu'à l'embouchure. P'têt qu'y vont r'monter des noyés. De toute façon faut attendre, et appeler la mairie, où seront déposés les cadavres.

Martin frissonna et repartit trouver Allison au bar-tabac. Elle venait de boire son troisième calva et était un peu pompette, affalée sur une chaise.

Martin la secoua :

— Allez, on rentre.

— Sans Victor ?

— Ici, on gêne. Laissons les secours tranquilles, ils feront tout ce qu'ils pourront...

— Vous allez loin, les enfants ?

— Pas trop, non. Rue d'Orléans...

— Jusque-là, vous allez marcher dans l'eau.

Soucieux, ils rebroussèrent chemin en marchant dans l'eau qui s'écoulait naturellement vers le bas de Trouville, et établissait une jonction avec la montée de la mer. La rue des Bains où ils tournèrent était en pente et l'eau y courait plus fort jusqu'à la place Tivoli où elle choisissait les meilleures pentes. La rue d'Orléans, qui montait légèrement, était à peu près épargnée. Ils avancèrent avec plus de facilité jusqu'à leur impasse où ne subsistaient que des flaques çà et là dans les creux, jusqu'à la reprise probable de la pluie.

Ils ne se parlaient pas mais pensaient à la même chose : qu'était devenu ce pauvre Victor, éjecté de son manège par le choc violent de la vague dévastatrice ? Avait-il réussi à se sauver ? Avait-il été blessé par les détritus trimballés par le flot ? Avait-il péri noyé comme tant d'autres habitants venus remplir leurs cabas au marché ? Avait-il été tué par surprise ? Avait-il pu nager ?

Rentrés enfin dans la grande pièce au bas de la maison, ils ouvrirent les fenêtres pour mieux respirer en ménageant un courant d'air peu convaincant, parce que l'air était chaud. Allison se laissa tomber sur le canapé noir et tendit les jambes :

— Tire mes bottes.

Martin l'aida, s'assit à côté d'elle et enleva aussi les lourdes bottes de pêcheur qu'il avait enfilées ce matin ; elles firent un bruit mat en tombant sur le parquet. Il alluma son portable pour se tenir au courant, chercha le numéro de la mairie, appela. La ligne était saturée et il n'eut droit qu'à une musique répétitive et nasillarde pendant dix bonnes minutes. Même piteux résultat pour le poste des pompiers, pris d'assaut, ou le commissariat de Deauville. Personne ne répondait.

Ils posèrent leurs appareils allumés sur la table, en attendant qu'un poste se libérât. Tout en guettant une réponse éventuelle des autorités surchargées, ils déballèrent leurs courses. La toile du caddie était encore mouillée ; dans son sac, le poulet rôti n'avait pas bonne mine, la baguette tradition était molle, seuls les œufs et le beurre restaient intacts.

— J'ai pas faim, Martin, bredouilla Allison.

— Moi non plus…

Il posa quand même la volaille dans un plat qu'il mit au four.

— J'allume pour sécher le poulet, essayons de manger. On n'a pas faim, c'est normal, mais essayons, ça nous fera patienter. Ils vont bien nous répondre.

— J'ai soif, disait Allison, toujours avachie sur le canapé.

Martin lui tendit la bouteille d'eau minérale entamée. Elle but au goulot. Assise, elle souffla bruyamment :

— Tu crois que Victor est mort ?

— Je refuse de le croire sans preuve.

— Attendons…

— On ne peut rien faire d'autre.

— J'ai chaud…

Allison enleva son tee-shirt. Ils étaient seuls, elle ne choquerait personne en restant torse nu. Elle avait la peau luisante. Debout, Martin faisait les cent pas ; il alla s'appuyer à la rambarde de la fenêtre ouverte sur la grosse boule de chèvrefeuille et inspecta les villas aux volets fermés. Il revint à la table, prit son portable, composa un numéro.

— Tu appelles qui ?

— Les parents de Victor. Il faut les prévenir.

— Tu n'attends pas la réponse de la mairie ?

— On peut attendre longtemps…

— Tu vas leur dire quoi ?

— Juste raconter nos malheurs…

— Quand je pense que Victor se réjouissait qu'il nous arrive enfin une catastrophe… Hé !

— Quoi ?

— Le poulet !

Martin se précipita pour éteindre le four. Le poulet fumait. Il prit un gant de cuisine et déposa le plat sur le fourneau.

— La mairie répond ! dit Allison.

— Prends le téléphone ! Vite !

Une secrétaire de la mairie ne sut rien dire, ou peu de chose, à propos de l'accident du matin. On avait déjà remonté des eaux une trentaine de corps. Ils seraient exposés dans la salle des fêtes de la mairie, pour qu'on puisse les identifier, mais sûrement pas avant le début de la soirée. Elle accepta néanmoins de noter les caractéristiques de Victor, à tout hasard. Pendant ce temps, comme il avait empêché le poulet de brûler, Martin avait interrompu son coup de fil. Allison lui répéta ce que l'employée de mairie lui avait appris. Alors Martin essaya de joindre à nouveau les parents de son ami, qui ne répondaient pas :

— Et zut !

— Tu crois que Victor…

— Je ne crois rien !

— Tu découpes le poulet ?

— C'est ce qu'aurait fait Victor…

Allison mit le couvert.

— Tu as mis trois assiettes ? s'étonna Martin.

— Ah oui… on n'est plus que deux…

— Pour l'instant, se rassura Martin.

9

Jour d'angoisse

Les nuages étaient noirs et présageaient un nouvel orage, mais la chaleur ne retombait pas et fatiguait. Allison et Martin avaient passé leur journée à téléphoner pour recueillir des informations ou en donner à leurs familles, forcément inquiètes par ce que diffusaient les radios et les télévisions sur l'accident de Trouville survenu au beau milieu du marché. Ils laissaient des messages et n'en recevaient pas. La mairie restait muette et, après plusieurs tentatives, Martin finit par donner son adresse aux parents de Victor, en précisant le numéro de la rue d'Orléans où s'ouvrait leur impasse. Comme le temps s'assombrissait, ils avaient allumé toutes les lampes et, au bout d'un moment, avaient perdu la notion de l'heure, se croyant une nouvelle fois parvenus au soir en plein après-midi. Ils s'autorisèrent un répit pour recharger leurs portables, cet unique lien qu'ils conservaient avec le monde

L'orage finit par éclater.

Une pluie forte et serrée fouettait les murs et coulait dans la pièce. Martin ferma les fenêtres contre lesquelles cinglait la bourrasque.

— Et maintenant ? dit Allison, recroquevillée sur le canapé, le menton sur les genoux.

— Maintenant ? On attend.

— On attend quoi ?

— Une réponse à nos questions ...

— Quand nos portables seront rechargés, peut-être...

— J'allume la télé antique des grands-parents.

Étourdis par les derniers événements, ils subirent des publicités qui proposaient en rafale un nouveau modèle de voiture familiale, un régime pour maigrir ou un shampoing aux herbes de Provence. Sur une autre chaîne, un feuilleton les emmena dans un commissariat de Los Angeles. Ils passèrent ensuite sur un crime à l'arme à feu dans les quartiers nord de Marseille. Et tout s'arrêta. Sur l'écran noir, une annonce : les conditions météo exécrables empêchaient la diffusion des programmes.

Dehors, la pluie redoublait.

Un éclair frappa tout près, que suivit aussitôt le roulement du tonnerre. Allison s'accroupit près de la prise où était branché son portable :

— Dès qu'il est rechargé, je monte me coucher.

— Tu es folle ! Il est à peine cinq heures du soir !

— Et alors ? Que peut-on faire ? On ne peut même pas sortir.

— De toute façon, ici on ne connaît personne...

— Moi je verrais bien n'importe qui.

— Qui te dirait n'importe quoi !

— C'est mieux que rien.

— Si Victor était ici, qu'est-ce qu'il ferait ?

— Comme nous. Il attendrait que l'orage s'essouffle.

Un autre éclair et puis une seconde, deux, trois avant la frappe plus lointaine du tonnerre.

— Il s'essouffle, le tonnerre, dit Martin. Il s'éloigne du côté de Deauville…

— Mais la pluie persiste.

— On dirait qu'elle s'installe.

— Amène-moi une bouteille d'eau.

Martin fila dans le petit couloir où il savait la réserve des grands-parents. Il revint et tendit une bouteille à Allison.

— Débouche-la, j'ai même plus la force.

Ce que fit Martin, et elle en but la moitié avant de s'en asperger la tête, le visage et les épaules.

— Hé ! Arrête ! Nos réserves ne sont pas inépuisables !

— J'ai trop chaud.

— Va prendre une douche !

— Flemme de monter…

Martin débrancha leurs portables.

— Ils sont déjà chargés ?

— Non, mais dans nos chambres il y a aussi des prises de courant. Viens, on monte.

Il tenait leurs deux portables et lui demanda d'emporter la bouteille d'eau.

— Elle est presque vide…

Martin partit en chercher deux autres qu'il rangea dans un panier souple, et poussa sa camarade jusqu'à l'escalier. Comme il avait posé une main dans son dos, il s'aperçut qu'elle était en sueur :

— À la douche, ma cocotte !

En se traînant, ils montèrent au deuxième étage. Arrivés à leur palier, Allison se défit de son jean pour aller sans tarder dans la salle de bains. Martin posa une bouteille dans sa chambre, enfonça les boîtiers de recharge dans les prises de courant et alluma leurs lampes de chevet. Il entendit le jet de la douche.

— Martin ! cria Allison.

— Qu'est-ce qui t'arrive encore ?

Martin s'encadrait dans la porte ouverte de la salle de bains.

— Il y a quelqu'un qui marche sur le toit !

— Au-dessus de l'escalier il y a un toit plat, en zinc, avec une petite verrière pour éclairer.

Allison sortit de la baignoire, une serviette à la main et ruisselante :

— Regarde ! dit-elle. C'est un homme-grenouille !

— Sur les toits ?

Il regarda et rit.

— Tu ne vois pas ses palmes ?

— Si, mais ce n'est pas un plongeur.

— Tu as l'air de trouver ça normal...

— Oui, parce que c'est un petit goéland, qui lui aussi a des palmes.

— Chasse-le !

— Impossible ! Tous les ans, au printemps, des goélands s'installent sur le toit, fabriquent un nid, pondent et attendent leur couvée en été... Grand-père n'a jamais pu les chasser. À Deauville, au moins, ils lâchent des faucons pour contrer les goélands, mais à Trouville, rien. Il faut les supporter, ces oiseaux de malheur.

— Pourquoi tu les appelles comme ça ?

— Parce qu'ils sont méchants et chient partout.

Malgré cet infernal portrait, Allison était tranquille. Elle se jeta sur son lit sans même se rhabiller, tant la chaleur l'accablait. La pluie continuait à frapper aux vitres ; elle avait oublié de fermer ses volets. Tant pis. Elle vérifia son portable. Il était rechargé. Elle l'alluma aussitôt.

— Martin ! Viens voir les dernières photos que j'ai prises de Victor, quand il fait le clown sur son manège.

10

Les parents de Victor

Quand vint la nuit, Allison eut peur de cet orage qui n'en finissait pas. Elle avait d'abord plaisanté en espérant que les goélands du toit seraient noyés dans leur nid, et ne leur marcheraient plus sur la tête, mais cela tourna court. Elle appela Martin qui somnolait dans la chambre voisine :

— Viens…

— Que je vienne où ?

— Ici, dit-elle en tapotant son grand lit.

— Tu veux que je dorme ici ?

— J'ai peur du fantôme de Victor…

— C'est idiot, mais si tu y tiens.

Il se coucha d'un côté du lit et ils s'endormirent ainsi sans se toucher, comme des gisants dans une crypte. Il faisait si chaud qu'ils avaient rejeté les draps. Ils se réveillèrent dans la même position le lendemain. La pluie avait cessé mais le gris des nuages ne pouvait leur indiquer quelle heure il était, quand ils entendirent une voix qui braillait leurs noms devant le portail.

— C'est un monsieur, prévint Allison qui avait mis un œil à la fenêtre.

Une bouffée d'air chaud entra dans la chambre mais on entendait plus distinctement la voix. Martin se leva à son tour pour considérer le visiteur qu'il reconnut et chuchota :

— C'est M. Audoin, le père de Victor.

— Il a lu ton message d'hier…

L'homme, en bas, avait les pieds dans l'eau, et ils virent que toute l'impasse était noyée, ainsi que les cours et les jardins.

— On descend ! hurla Martin au visiteur.

Ils déplièrent leurs vêtements abandonnés sur les chaises de bistrot que les Portallier avaient achetées dans une brocante pour meubler les pièces réservées aux enfants ou aux amis, s'habillèrent à la hâte et dévalèrent les escaliers jusqu'à la porte fermée à clef du vestibule. Ils se retrouvèrent sur le perron pour constater que l'eau avait monté pour envahir les plates-bandes. Martin descendit les marches glissantes, ouvrit le portail à M. Audoin. Ce dernier portait un chapeau et des bottes que, précisa-t-il, on lui avait prêtées à la mairie.

— Vous êtes déjà allé à la mairie ?

— Après votre message, oui. Maryse y est restée.

— Ils ont repêché Victor ?

— Non. Sa mère voulait attendre et espérer.

— Entrez, entrez...

Le père de Victor monta les marches, d'abord en les devinant sous l'eau, puis les dernières en se tenant au mur pour ne pas glisser. Dans le hall de l'entrée, il accrocha son chapeau au-dessus d'un imperméable suspendu et Martin l'amena dans la grande pièce du bas où les attendait Allison qui enfilait ses bottes noires.

— Allison, la présenta Martin.

— Ah oui, Victor m'avait parlé de vous. Vous savez à qui vous ressemblez ?

— Ah oui ! On me l'a dit cent fois. Je serais le portrait de Jean Seberg dans *À bout de souffle*…

— Voilà ! Ça ne vous fait pas plaisir ?

— J'ai pas vu ce film, juste des photos…

— Dans un livre sur l'histoire du cinéma ?

— Non. Sur Internet.

Martin ouvrit les volets et M. Audoin s'extasia devant la bibliothèque des Portallier.

— Votre grand-père a longtemps été un de mes clients. Aujourd'hui, il ne vient plus guère à la librairie…

— Vous retrouverez vos livres d'histoire dans toutes les pièces et dans tous les couloirs…

— Je vois.

— On vous accompagne à la mairie ?

— Allons voir où en sont les recherches.

— Faites comme votre amie, Martin, et enfilez des bottes. Je n'ai même pas pu venir jusque chez vous en voiture. Trop d'eau dans les petites rues.

Ils repartirent en pataugeant vers la rue d'Orléans, tournèrent à droite dans la rue des Bains, à gauche dans la rue Victor-Hugo que la mer recouvrait en tombant des rues qui menaient autrefois à la plage. Devant la mairie patientaient une file de résidents, à côté de sacs de sable qui avaient été disposés sur le seuil des boutiques fermées. Ils entrèrent l'un après l'autre mais le père de Victor aborda les vigiles :

— Vous m'avez déjà vu tout à l'heure. Ma femme est à l'intérieur.

— Passez.

Ils montèrent le grand escalier qui menait à la salle des mariages transformée en morgue. On y avait poussé les chaises pour disposer à même le parquet des corps dont on devinait les formes enveloppées dans des sacs-poubelle. Seuls les visages permettaient une identification. Le père de Victor avisa son épouse, affalée sur une chaise recouverte de velours :

— Maryse...

Elle montrait de la main un corps emmailloté.

Tandis que sa femme fondait en larmes, M. Audoin poussa Martin vers le corps désigné. C'était bien celui, blafard, d'un noyé. Allison resta en retrait. Elle n'avait aucune envie de voir une dernière fois Victor, ne voulait pas rester avec cette dernière image de lui et préféra consoler par sa présence Maryse Audoin. Ensuite il y eut des palabres avec des employés de la mairie et un médecin afin de rapatrier le corps à Paris. Cela s'éternisa. On montra des photos, des pièces d'identité, des paperasses, toujours des paperasses. M. Audoin dénicha une ambulance privée pour se charger du cadavre de son fils. Il négocia une jolie somme pour ce convoi exceptionnel qui devait rentrer sur-le-champ à Paris. Il expliqua à Martin :

— L'autoroute est coupée là où elle s'approche trop de la Seine en crue. Il va falloir ménager des détours. On va en avoir pour des heures...

— Ramenez Victor chez lui au plus vite.

Il y eut des infirmiers, avec leurs souliers trempés, qui firent entrer leur brancard dans l'ambulance. Les Audoin embrassèrent Allison et serrèrent les mains de

Martin avant de monter dans leur grosse voiture. Ils suivirent l'ambulance qui leur ouvrait la voie avec son avertisseur. Quand ils virent s'éloigner le funèbre cortège sur les quais en levant des jets d'eau sur ses flancs, Allison se laissa choir sur les marches du perron de la mairie. Martin posa une main sur son épaule. La pluie recommençait à tomber.

Martin soupira :

— On aurait dû profiter de la voiture des Audoin…

— Profiter ? répondit sèchement Allison en le regardant.

— Oui, rentrer avec eux à Paris.

— Avec eux ? Jamais !

— Qu'est-ce qui te prend ?

— Tu n'as rien vu ? Rien entendu ?

— Qu'est-ce que j'aurais dû voir ?

— Que le père Audoin, son fils, il s'en fout !

— On ne peut pas dire ça…

— Comment ? Son fils est mort !

— Tout le monde le sait.

— Et il n'a aucune réaction normale !

— Ce n'est sans doute pas son genre, les plaintes ou les pleurs…

— Ce type est sec !

— Il ne veut rien montrer de ce qu'il ressent.

— Parce qu'il ne ressent rien ! Sec, je te dis !

Allison se leva :

— C'est un salaud, ton Audoin!

11

Bain de boue

Affalée sur le divan, les yeux fermés, Allison restait prostrée. Son souffle rauque inquiétait Martin. Il avait ouvert les fenêtres en essayant de leur ménager un courant d'air, mais rien. La pluie permanente était chaude, et pas un souffle pour rafraîchir l'atmosphère. « C'est pire que la mousson » dit-il à voix haute en pestant contre cette folle météo. Allison ne bronchait toujours pas, il insista :

— Enfin ! J'ai toujours cru qu'un bel orage rendait l'air plus respirable, mais là, non, rien. Cette chaleur n'est plus possible ! Tu n'étouffes pas, toi ?

Allison ne répondait pas, elle regardait le haut plafond, dans le vague. Martin renonça. Il quitta la pièce pour aller fouiller dans les nombreux placards de la salle attenante où les grands-parents entreposaient leurs provisions. Derrière des boîtes de sucre, il dénicha une bouteille de cognac et revint en triomphant auprès d'Allison :

— Pour passer le temps on n'a qu'à se saouler !

Il sortit des petits verres, déboucha la bouteille ventrue.

— Tu m'accompagnes ?

— T'accompagner où ?
— À Cognac.
— Tu m'énerves !
— Bravo ! Au moins tu réagis.
— Donne-m'en, de ton cognac.

Ils burent un verre, deux, bientôt la moitié de la bouteille pour s'assommer, essayer de dormir, oublier Victor, la pluie, ce déluge menaçant qui les narguait. Martin, son verre vide à la main, esquissait des pas de danse en fredonnant :

— Singing in the rain…

— T'es pas souple comme Gene Kelly ! dit enfin une Allison embrumée, vivante pour la première fois depuis le matin.

Elle essaya de se lever mais retomba dans les coussins.

— Tu en veux encore ? Allez ! On siffle cette fichue bouteille et on dort comme des plombs.

— Ouais…

— Tu connais *Chantons sous la pluie* ?

— Ouais…

Elle réussit à se tenir debout et flageola jusqu'à la table pour se resservir un grand verre de cognac.

— Robert avait raison, dit Martin en l'imitant.

— Raison de quoi ?

— Quand il nous a expliqué son projet de polar. Je l'entends encore nous parler des hommes de l'Antiquité : « Les dieux se vengeaient de leur ingratitude en leur envoyant des catastrophes naturelles contre lesquelles ils ne pouvaient se mesurer. »

— Tu vois ça comme ça ?

— Dans la mesure où on subit, ben oui.

— Victor ne croyait pas du tout à cette histoire de vengeance des dieux.

— Parce que les dieux, il s'en foutait.

— Comme nous…

— Simplement, c'est une jolie explication.

— À ce temps pourri ?

— Y a des tas de prophètes modernes qui voudraient nous accuser, nous.

— Moi j'ai rien à voir avec tout ça !

— Que tu crois…

— Contre la chaleur, en revanche, j'ai une solution.

— J'écoute…

— La douche.

— Pas bête.

— Tu vois ? J'en ai marre de ces fringues qui me collent à la peau !

Elle se déshabilla au milieu de la pièce en semant ses habits sur le parquet, et se dépêcha de monter deux étages pour s'asperger. Martin vacillait en terminant la bouteille, quand il entendit Allison s'époumoner :

— Martin ! Martin !

— Qu'est-ce qu'elle veut encore… bafouilla-t-il en vidant son verre.

Puis il monta la rejoindre. Il ne s'attendait pas à ce spectacle lorsqu'il entra dans leur salle de bains. Allison, debout dans la baignoire, enrageait :

— De la boue ! Voilà ! De la boue !

Elle tenait le pommeau de la douche pointé au fond de la baignoire. En effet, ce n'était plus de l'eau qui en coulait mais un liquide brunâtre.

— Ça arrive quelquefois, quand les tuyaux sont encrassés. Laisse couler, l'eau va redevenir pure…

— Même pas !

Il lui tendit la serviette de bain :

— Essuie-toi.

— Mais je veux de l'eau !

— Va dehors.

— Exactement !

12

L'eau monte

La pluie ne s'était pas interrompue depuis la veille. Quand Martin débarqua en haut du perron protégé par une solide verrière, la serviette d'Allison à la main, il constata les premiers dégâts irrémédiables : l'eau avait envahi leur impasse, les géraniums devenaient aquatiques autant que ce buisson de fleurs jaunes venu du Sahara, très résistant, qui poussait toute l'année ses branches feuillues. Allison était debout au milieu de la cour, bras écartés comme pour implorer les éléments déréglés. Elle prenait l'eau du ciel comme une bénédiction pour se laver de cette boue dont elle avait senti la souillure sur sa peau. L'eau lui arrivait aux genoux et elle tournait sur elle-même, ruisselante et dessaoulée.

— Alli ! beugla Martin sur un ton de reproche.

— La pluie est chaude et agréable. Viens en profiter, au moins...

Martin restait en haut des marches : sur huit, cinq étaient sous les flots.

— Alli ! Habille-toi ! Mets au moins un maillot de bain, des voisins pourraient te voir !

— Quels voisins ? La vieille folle d'en face ?

— Je sais pas, derrière une fenêtre...

— Tu sais bien qu'il n'y a personne.

— Je sais ? Non. Je crois.

— Eh bien tant pis !

— Plus loin, peut-être, un gros dégoûtant peut te lorgner à la jumelle, au dernier étage d'un immeuble. Nous ne sommes quand même pas seuls !

— Si un cochon nous épie, qu'il se délecte. Il ne va pas s'en vanter. Qu'il se rince l'œil.

Martin inspectait du regard les hauts immeubles de cinq étages qui les entouraient, leurs terrasses vides, leurs lucarnes. Allison se retourna vers lui :

— Tu l'as repéré, ton vicieux imaginaire ?

— Non.

— Alors laisse-moi me baigner.

— Je te dis ça pour le principe…

— Il n'y a plus de principes !

— Comment ça ?

— L'eau a tout envahi, la plage, les rues, les jardins, elle va s'attaquer aux maisons. Ta cave à l'anglaise, m'étonnerait qu'elle ne soit pas infiltrée.

— La cave ? Non. Les fenêtres sont hermétiques.

— On va vérifier.

— Si tu veux, et tout de suite.

— Dans cinq minutes…

Elle continuait à barboter et elle se frottait le corps jusqu'aux genoux en chantonnant. Martin demeurait en haut des marches comme un niais. À cet instant ils entendirent un gros plouf qui aspergea Allison. Elle recula vers le chèvrefeuille en criant :

— Hé !

Un bébé goéland d'une bonne taille venait de tomber devant elle, et se débattait en l'éclaboussant.

— Martin ! Viens chasser ce monstre !

— L'oiseau essayait de s'envoler. Il a raté son décollage.

Allison rejoignit Martin sur le perron tandis que le goéland se débattait comme un furieux.

Martin recueillit Allison en haut du perron. Il l'enveloppa dans la serviette pour la sécher autant que pour la cacher. Il entreprit d'abord de la frotter :

— Tu as eu peur ?

— De quoi ?

— Du goéland.

— Je ne savais pas ce qui me tombait dessus.

— Ces imbéciles apprennent à voler en se lançant du toit comme d'un toboggan, ils s'en servent comme rampe de lancement, mais ils n'ont pas de moteur, ils essaient de ramer en l'air avec leurs ailes mal dégourdies et se cassent souvent la figure. On en trouve quelquefois écrasés sur le gravier de l'allée. Spectacle dégoûtant, il faut les enfourner dans un sac-poubelle…

— Comme Victor …

— Oui, enfin non… Allez, on rentre et tu t'habilles.

— Trop chaud.

Elle rentra pour se jeter sur le canapé.

— On va à la cave, tu viens ?

— Qu'est-ce qu'on va faire à la cave ?

— Vérifier que l'eau ne s'est pas infiltrée.

— Bon, si tu veux, dit-elle en se relevant, boudeuse.

Ils empruntèrent avec précaution l'escalier étroit en se tenant à la rampe.

— Apparemment tout est en ordre, dit Martin en vérifiant les fenêtres à moitié masquées par l'eau du jardin. Il est là, ton monstre, il flotte, inerte.

Il montrait le goéland immergé.

— Ohé ! Ohé ! appelait quelqu'un à l'étage.

— Qui ? s'informa Martin.

— La voisine !

C'était Isabelle Watson, la grande brune d'à côté qu'ils avaient saluée en arrivant. Elle portait une robe rose, un gros sac à l'épaule, et tenait ses souliers à talons par leurs lanières.

13

L'intruse

Isabelle Watson posa son sac par terre, avec, dessus, ses souliers à talons. Elle avait marché dans l'eau et essorait le bas trempé de sa robe.

— Miracle ! C'est sec, chez vous.

Martin et Allison était remontés de la cave et s'étonnaient de son intrusion :

— Par où êtes-vous passée ?

— Par la porte.

— Je pensais l'avoir fermée.

— Eh bien non.

— Que peut-on pour vous ?

— Me donner l'asile !

— C'est inondé, chez vous ?

— Bien entendu. Mon studio est encore plus bas que votre cave. On dirait une baignoire pleine à ras bord. Je me suis réveillée dans un lit mouillé.

— Votre cour est en contrebas, c'est vrai…

— Une vraie cuve. L'eau y tombe et n'en ressort plus. Avec votre rez-de-chaussée surélevé et vos deux étages, j'ai pensé que vous aviez de la place.

— Vous avez raison, Isabelle. Je peux vous appeler Isabelle ?

— C'est mon nom. Vous pouvez…

— Martin.

— Vous pouvez, Martin.

— Ce sont vos affaires, dans le sac ?

— Ce que j'ai eu le temps d'emmener.

— Venez, je vous conduis chez nous, dit Allison enroulée dans sa serviette de bain comme dans un paréo.

— Je vous suis…

Les deux filles grimpèrent à l'étage.

— Voici notre tanière, dit Allison en lui montrant leur chambre au grand lit défait.

— Il n'y a qu'une chambre ?

— La plus confortable.

— D'accord, accepta la voisine en jetant son sac.

— Martin dort ici ?

— Le matelas est assez large.

— D'accord, répéta-t-elle.

— Vous pouvez faire sécher votre robe sur la chaise…

— Je n'ai que cette robe, tant pis, je la garde. Il fait tellement chaud qu'elle séchera toute seule.

— Comme vous voulez.

— Comme tu veux. On peut se tutoyer, non ?

— Tu as raison. C'est plus simple.

— Et plus amical.

— Martin crie quelque chose…

Allison se pencha à la rambarde du second palier et se retourna vers Isabelle :

— Une omelette, ça te dit ?

— Je n'ai rien avalé depuis hier soir…

— On descend ?

— Je te suis. Dis-moi, votre copain, il est où ?

— Victor ? Il est rentré à Paris.

— Déjà ?

— Oui…

Elles dégringolèrent les deux étages pour rejoindre Martin campé devant le fourneau. Il avait battu six œufs et faisait fondre du beurre dans une poêle. Il y versa les œufs et, avec une palette en bois, il les ramenait vers le centre pour qu'ils cuisent régulièrement.

Ils s'assirent autour de la longue table devant les assiettes déjà disposées pendant que Martin glissait l'omelette dans un plat.

— Nous, décidait-il, nous prenons le banc, et l'invitée a droit à une chaise en paille…

Ils s'installèrent et Martin distribua les couverts.

— En arrivant chez nous à l'improviste, tout à l'heure, vous vous êtes présentée comme Isabelle Watson. Watson c'est un nom anglais !

— Mon père était anglais.

— Était ?

— Il a disparu il y a deux ans. Un accident.

— De voiture ?

— De moto.

— Et votre mère ?

— Elle vit à Londres.

— Anglaise aussi ?

— Non. Normande. Voilà pourquoi j'ai acheté un studio à Trouville.

— Parlez-nous de vous, osa Martin.

— Oh ! moi c'est facile. Mon père était pilote et il m'a aidée à travailler dans l'aviation...

— Pilote, comme lui ?

— Non. Hôtesse de l'air.

— Voilà pourquoi vous êtes si bronzée !

— J'en profite aux escales, à Bangkok ou au Mexique.

— Tu as un bon boulot, l'envia Allison.

— N'exagérons pas. C'est un turbin de bonniche : apporter les plateaux-repas, répondre aux idioties des passagers qui me draguent, sans les gifler mais en souriant à leurs astuces qui pèsent trois tonnes, résister aux avances du commandant de bord...

Ils mangèrent leur omelette avec le pain acheté au marché que le temps humide avait ramolli. Ils en profitèrent, en parlant d'eux, pour apprendre à se connaître. Isabelle Watson avait trente ans, l'âge de Dorothée, la belle-mère de Martin, mais en plus affriolante, en plus délurée quand elle vous zyeutait par en dessous en penchant la tête. Était-ce dû aux conditions exceptionnelles de leur rencontre ? Leur différence d'âge comptait peu.

— Vous n'avez que de l'eau minérale ? s'étonna tout à coup Isabelle.

— Non. J'ai déniché à la cave, tout à l'heure, dans un réduit, la réserve de mon grand-père. J'ai mis deux bouteilles de vin blanc au frigo.

Il alla en chercher une, qu'il déboucha, et leur servit des grands verres :

— À notre santé !

— Elle en a bien besoin, notre santé.

— J'ai chaud, se plaignit Allison en dénouant sa serviette éponge. Ça ne te fait rien, Isabelle ? On se croirait dans une étuve…

— Pas le moins du monde ! D'ailleurs, je vais faire comme toi…

Elle tira dans son dos la fermeture Éclair et se débarrassa de sa robe rose pour apparaître en bikini, celui qu'elle portait l'avant-veille au soleil. Martin avait déjà sifflé son verre et se resservait puis il pensa à ses compagnes :

— Le bourgogne de mon grand-père, vous en revoulez ?

Les deux filles tendirent leurs verres, vidés au préalable. Elles riaient heureusement.

14

Infiltrations

Sur l'insistance d'Isabelle, qu'il s'agissait de rassurer, ils redescendirent ensemble à la cave pour vérifier l'étanchéité de leur sous-sol. Tout semblait en ordre, ou plutôt dans le désordre habituel d'un débarras. Dès l'entrée, des vélos posés contre les murs voisinaient avec des cartons vides montés en pyramide. Sur les trois marches qui grimpaient vers un évier, une collection de bouteilles vides et de produits ménagers, un cendrier sur le rebord d'une fenêtre. Plus loin, passé la chaudière, dans une seconde pièce, une table ronde et bancale, des jouets d'enfant, des boules de pétanque, des balais et des pelles, tout un bric-à-brac au rebut qu'on n'avait pas voulu jeter et qui prenait la poussière.

Isabelle inspecta les trois fenêtres :

— Pour l'instant, ça a l'air de tenir…

— Pour l'instant ? s'étonna Martin.

— Voyez dehors, les vitres sont battues par l'eau qui a envahi votre jardin.

Elle regarda cette eau sur laquelle tombait toujours la pluie :

— C'est quoi, cet animal qui est transbahuté par le courant ?

— Le bébé goéland que j'ai manqué prendre sur la tête, dit Allison.

— Une rareté, un oiseau de mer qui se noie !

— Une réalité, en tout cas.

— Et là, près de la porte…

Isabelle leur désigna une flaque d'eau.

— L'eau passerait sous la porte ? demanda Martin avec un air de surprise.

— On dirait, parce que les tuyaux, au plafond, sont intacts…

— Bizarre. La porte, comme les fenêtres, ont été refaites en PVC il y a trois ou quatre ans. C'est garanti costaud.

— Peut-être pas pour résister à la poussée des eaux.

Ils inspectèrent la porte et ne lui trouvèrent rien d'anormal. Martin furetait tout autour.

— Une bouteille s'est sans doute renversée…

— Toute seule ? plaisantait Isabelle.

— Je ne vois rien qui explique cette flaque.

— Elle donne sur quoi, ta porte ?

— Un petit escalier qui descend du jardin.

— Donc inondé…

— Forcément.

— Ça fait du poids, ce volume d'eau...

— Forcément.

Martin passa ses doigts autour de la porte :

— Aucune trace d'humidité.

— Et si ça venait du carrelage ? risqua Allison.

— Pas bête ! dit Martin. Au pied de l'escalier aussi, il y a souvent des traces d'eau. Il paraît qu'autrefois il y avait une source qui passait sous la maison…

Les deux ampoules qui éclairaient la cave s'éteignirent brusquement. Martin repassa dans la première pièce où, à côté des compteurs, il savait un panneau avec des disjoncteurs. L'une des manettes était tournée vers le bas. Il la poussa vers le haut et la lumière revint.

— On remonte ? dit Allison que cette exploration lassait.

— On remonte, lui répondit Martin, mais pas les mains vides.

À l'entrée de la cave il y avait une petite pièce où les Portallier avaient entassé mille objets utiles en cas de nécessité, dont des bougies. Martin prit un carton vide pour le remplir de bougies :

— Et voilà, on est parés ! expliqua-t-il. Avec cet orage permanent, l'électricité risque encore de sauter ; on ne va pas redescendre chaque fois à la cave, surtout du deuxième étage et dans le noir.

— Allons là-haut, dit Allison. Moi je vais en profiter pour recharger mon iPhone.

— Heureuse idée ! reprit Isabelle. J'ai toujours le chargeur dans mon sac.

— Allez !

En donnant le branle-bas, Martin grimpa les rudes escaliers de la cave en portant sa boîte de bougies.

— On va les disposer tout de suite dans des bougeoirs.

— Il n'y en aura pas assez. On prendra des soucoupes ou des bols…

Martin posa son butin sur la table. Il alluma les lampes :

— Quelle heure peut-il être ?

— L'heure de dormir, dit Allison en bâillant.

— Ça ne vous embête pas, Isabelle, de dormir avec nous, dans le seul grand lit du deuxième étage ?

— Je n'ai pas le droit de faire la difficile. Mon studio est sous l'eau. J'aurais dormi dans les étages, à même le couloir, la tête sur mon sac. Les autres propriétaires sont tous repartis.

15

Voisinage

Le vent se leva à la nuit tombée et s'ajouta à la pluie. Les grandes marées commençaient mal, avec une force accrue. Réfugiés à l'étage, Allison, Isabelle et Martin parlaient de leur pénible aventure qui, malgré tout, les avait faits se rencontrer. Ils parlèrent aussi de Victor, le disparu, lequel manquait. Aujourd'hui, face aux éléments en folie, qu'aurait-il dit ? Qu'aurait-il proposé ? Ils n'en savaient rien mais ils imaginaient. Longtemps ils en discutèrent, avec le vent violent qu'ils entendaient martyriser les arbres et battre les volets mal fermés. Ils eurent mille fois l'impression que la villa allait s'écrouler sous les rafales et cela tenait leurs yeux ouverts, mais ils ne bougeaient pas, étendus sur leur matelas dans cette moiteur quasi tropicale qui les rendait amorphes. Quelle heure était-il ? Quel jour ? Ils perdaient le sens du temps, et avec lui le goût, les sensations, les envies. À la lumière de leur loupiote restée allumée, ils se voyaient comme en sursis, espéraient que ce cauchemar aurait une fin et qu'ils regagneraient une existence normale, sans grand intérêt mais enfin sans menaces ni peur diffuse.

Ils cherchaient des informations sur leurs portables qui ne les nourrissaient que d'approximations et de nouvelles alambiquées auxquelles ils ne pouvaient se fier. Ils apprirent ainsi que des forêts de pins brûlaient dans les Landes, que des villes de Belgique et d'Allemagne étaient touchées par des coulées de boue ou que des provinces chinoises disparaissaient sous les eaux, mais rien, rien sur la Normandie où ils étaient et qui n'intéressait personne.

Moins assoupie que les autres, Isabelle s'assit brusquement quand leur lampe s'éteignit :

— Martin ! Ça recommence !

— Quoi ? se plaignit le malheureux.

— La panne !

— Tu veux que j'aille à la cave *maintenant* ?

— L'électricité a encore sauté !

— On a des bougies…

— Où as-tu mis les allumettes ? Ou un briquet ?

— Sur la table…

— Tu descends voir ?

— Je dors…

— Feignant !

— Zut…

— J'y vais !

Isabelle se leva, la peau mouillée de sueur.

— Habille-toi, alors, murmura Martin, les yeux mi-clos.

— On s'en fout !

Elle se leva et alluma une bougie. À cette vague lumière jaune qui tremblait, Martin la regarda. « Victor aurait aimé ses zones blanches », se dit-il, là où son maillot l'avait empêchée de bronzer, soulignant les parties désirables d'une peau uniformément caramel. Il se rendormit.

Dix minutes plus tard, Isabelle le secoua :

— Martin !

— Hein ?

— Il y a de l'eau dans la cave !

— Quoi ?

— De l'eau, tu entends ! Faudrait fermer les compteurs !

— Fermer les compteurs, répéta-t-il.

— Moi je ne les connais pas, toi si ! poursuivit Isabelle.

Martin se leva à son tour. Il alluma une autre bougie et suivit Isabelle dans l'escalier qu'il descendit, les yeux fixés sur les fesses blanches de sa voisine. Le voyage vers la cave lui parut malgré tout interminable. Il découvrit enfin l'horreur. Les cartons vides hier entassés flottaient maintenant comme des barques sans amarres. Les marches qui montaient vers le lavabo blanc étaient noyées. Somnolent, Martin fonctionnait aux réflexes. Les prises de courant, installées en hauteur, étaient pour l'heure intactes. Il arrêta néanmoins les compteurs d'électricité et de gaz puis ferma l'arrivée d'eau.

Par l'une des fenêtres il vit, à la lueur laiteuse de l'aube, que l'eau avait monté d'au moins trente centimètres, et qu'il pleuvait toujours, une pluie régulière, fine et serrée. Il entraîna Isabelle dans l'escalier en la tenant par le bras :

— Viens, on va boire un café.

— Comment tu vas le faire chauffer ? Tu viens d'éteindre le gaz...

— Et merde !

Puis il réfléchit :

— J'ai une solution...

En farfouillant dans le réduit aux bougies, de l'eau désormais jusqu'aux cuisses, il retira d'un placard surélevé un réchaud à alcool et quelques boîtes d'alcool solidifié comme combustible, qu'il mit dans les mains d'Isabelle.

— Aïe ! dit celle-ci.

— Qu'est-ce qu'il y a ?

— Une écharde dans mon pied droit.

— La pharmacie c'est au-dessus, dans l'armoire indienne du rez-de-chaussée. Débrouille-toi pour y arriver sans faire tomber les plaquettes d'alcool...

— Facile, tiens !

L'un marchant, l'autre boitillant, ils parvinrent sans dommage dans la pièce principale ; Isabelle tomba sur le canapé où ses boîtes s'éparpillèrent. Martin en prit une, l'ouvrit et plaça un bâtonnet dans le réchaud qu'il alluma avant d'y poser la cafetière qu'il avait préparée la veille au soir. Ensuite il ouvrit les volets des hautes fenêtres.

— Et mon écharde ! se plaignait Isabelle.

— Voilà...

De l'armoire indienne, il sortit de l'alcool à 90°, de la ouate et un rouleau de sparadrap. Il s'assit à côté d'Isabelle :

— Montre…

Avec ses ongles, il retira l'écharde bien visible, désinfecta et colla un pansement. Ce fut à ce moment que retentit une sirène.

Martin entrouvrit l'une des fenêtres.

— Une ambulance. Juste devant chez nous…

— Elle a roulé dans l'eau ?

— On dirait.

Sous l'auvent de la petite maison d'en face, une grosse dame avec un parapluie marcha au-devant des infirmiers et s'entretint avec eux. Ils sortirent aussitôt un brancard.

— La grosse dame travaille à la mairie, dit Isabelle qui avait rejoint Martin près de la fenêtre. En temps normal, c'est elle qui s'occupe de la vieille dame du rez-de-chaussée. Je la connais un peu. Je vais lui demander ce qui arrive.

— Mets-toi au moins quelque chose sur le dos…

— Tu crois que les convenances sont de mise ?

— Les politesses, oui.

Elle retrouva sa robe chiffonnée sur le divan où elle l'avait lancée hier, l'enfila et sortit dans l'eau. Martin la surveillait depuis sa fenêtre entrebâillée. Elle avança jusqu'à la grosse dame de la mairie qui donnait des indications aux infirmiers :

— Mme Rucheville, que se passe-t-il ?

— Ah ! Mlle Watson ! C'est affreux !

— Dites-moi.

— Mme Bongrain…

— Je vous écoute.

— Elle est morte.

— Chez elle ? Un court-circuit ? Le cœur ?

— Non non. Elle est morte noyée !

— Comment ça ?

— Dans son lit.

— Noyée dans son lit ?

— L'eau est montée d'un coup pendant qu'elle dormait. Elle ne s'est rendu compte de rien, j'en suis sûre.

— Sinon l'eau l'aurait réveillée et elle se serait levée... Comme moi hier.

— Ah oui, c'est vrai, Mlle Watson, votre studio est en contrebas. Tandis que cette pauvre Mme Bongrain... Affreux, je vous dis, affreux...

— Heureusement, j'ai pu me réfugier chez les voisins de la villa.

— Ah oui, les Portallier.

— Non, leur petit-fils et des amis à lui.

— Tant mieux, Mlle Watson, tant mieux.

— Leur cave est déjà sous l'eau...

— Toutes les caves sont sous l'eau.

— Attention !

Isabelle poussa la dame de la mairie pour laisser passer les infirmiers qui emportaient le corps de la vieille Mme Bongrain sur leur civière.

16

Grande marée

Il ne pleuvait plus mais un coup de vent plia les arbres. Pour rentrer dans la villa, Isabelle dut se tenir au frêne sauvage qui avait poussé à l'entrée contre la façade et masquait de ses branches la parabole de la télévision vissée au mur. Devinant les marches, elle escalada le perron en manquant glisser par deux fois, trouva Martin debout devant sa fenêtre grande ouverte. Il avait pris le temps d'enfiler un pantalon, ce qu'Isabelle remarqua aussitôt en se moquant :

— Toi, alors, tu es une victime des autres !

— Moi ?

— Oui, toi. Tu as peur qu'on te voie et qu'on te juge, mais les infirmiers n'ont jamais regardé de ton côté : ils étaient pressés de finir leur boulot.

— Elle est morte, la vieille ?

— Noyée dans son sommeil.

— Ce qui aurait pu t'arriver…

— L'eau, je l'aurais sentie. Elle, il a fallu que la dame de la mairie la découvre.

— Elle est repartie dans l'eau ?

— Non. Avec les infirmiers. Et voilà ! Ma robe est encore trempée !

— Le portail des voisins du bout de l'impasse aussi. Le courant tape dessus.

— L'eau m'arrivait jusqu'à la taille.

— Regarde l'allée. On dirait des vagues…

— Ce sont des vagues. Ce n'est pas la pluie qui a provoqué l'inondation.

— C'est la mer.

— La mer peut arriver jusqu'ici ?

— Faut croire.

— Et il fait toujours aussi chaud.

— Tu ne sèches pas ta robe ?

— Elle va sécher toute seule. Elle me rafraîchit.

À l'entrée de l'impasse, du côté de la rue d'Orléans, ils aperçurent des vagues plus importantes qui déferlaient jusque devant chez eux.

— Notre cave doit être sous l'eau. Tu as eu raison de me demander d'arrêter les compteurs.

— L'eau arrive maintenant juste sous nos fenêtres, dit Isabelle en se penchant à la balustrade.

— On devrait monter des provisions.

— Tiens, prenons les sacs noirs, en osier, là, derrière la porte…

Ils commencèrent par évacuer vers l'escalier les bouteilles d'eau minérale alignées dans le cagibi du petit couloir. Allison déboula à ce moment de l'escalier.

— Parfait, dit Martin, tu tombes à pic pour nous aider.

— Qu'est-ce que vous faites ?

— On met nos provisions à l'abri.

— Sur les marches ?

— Première étape. On va entasser des provisions dans le bureau qui servait de chambre à Victor.

— Tout en haut ?

— L'eau ne montera jamais au deuxième.

— Les grandes marées vont durer trois jours, non ?

— En principe.

— Après, l'eau va se remettre à baisser ?

— D'habitude, oui.

— En attendant, déplaçons notre garde-manger dans les hauteurs.

— Hé ! Y a plus d'eau, dit Allison qui avait ouvert le robinet de l'évier.

— J'ai fermé les compteurs et arrêté l'arrivée d'eau, lui annonça Martin.

— Comment je fais mon thé ?

— Prends sur la table la bouteille d'eau minérale entamée.

Allison sortit une petite casserole pour chauffer son eau. Martin interrompit son geste :

— Prends plutôt ce quart en alu et le petit réchaud à alcool. Quand tu auras fini, d'ailleurs, on va le monter aussi. Prends pas cet air boudeur, on n'en a que pour trois jours au pire.

— Que tu dis !

Pendant qu'Allison attendait que son thé soit infusé, les deux autres naufragés ouvraient tous les placards et amassaient sur le divan boîtes de conserves et sachets divers.

— Les pâtes, non, décida Martin. Il faut beaucoup d'eau et un grand récipient... Mon petit réchaud ne servirait à rien. Prenons plutôt le foie gras, les pâtés de canard, les sardines, le restant de poulet froid, l'huile d'olive, les biscottes...

Ils s'organisèrent pour monter ce fourbi à l'étage ; chacun sur une marche, ils se repassaient les bouteilles de main en main, puis les produits. Ils n'étaient que trois pour faire la chaîne, et se déplaçaient sans cesse. Ils avaient la peau brillante sous l'effort, accablés par la chaleur qui persistait. Deux heures leur furent nécessaire pour constituer leur garde-manger au dernier étage. Le sucre ! Ils avaient oublié le sucre et allèrent visiter en détail le rez-de-chaussée.

17

L'agonie des portables

Leur vie quotidienne se réduisait désormais à la chambre d'en haut, la plus vaste et pourvue d'une fenêtre large à double battant. Comme Allison se plaignait encore de la météo tropicale qu'elle subissait et réclamait enfin de l'air, Martin alla au bout du palier et ouvrit en grand la fenêtre de la bibliothèque qui avait servi de chambre pendant deux nuits à leur ami Victor ; elle était maintenant transformée en remise pour entreposer la pitance sauvée du rez-de-chaussée. La pièce était protégée de la pluie par un vilain auvent en plastique jaune depuis les toits, au-dessus de la verrière du perron. Martin revint dans leur chambre pour ouvrir en grand leur fenêtre, en essayant de faire circuler l'air entre les deux pièces. Il avait ramené le sac que Victor avait jeté sur son lit défait :

— On a oublié de rendre le sac de leur fils aux parents de Victor…

Ses deux amies s'escrimaient sur leurs portables respectifs, et il lança le bagage sur le grand lit entre les deux filles. Allison le récupéra, en ouvrit la fermeture Éclair et renversa le contenu. Il y avait quelques sommaires affaires de toilette, un peigne, une brosse à dents dans son étui, puis un livre de James Hadley Chase, *Et toc !...*, pour combattre les insomnies ou les provoquer, puis un pull, du linge…

— Pourquoi a-t-il emmené ce livre ? se demandait Martin en regardant la photo de couverture, une rousse vêtue d'un voile transparent.

Cet inventaire n'intéressait pas Isabelle, qui pestait :

— Zut ! Plus de batterie !

— La prise de courant est à gauche de la porte, dit Martin en feuilletant le polar : « Cette ville, où magasins, boutiques, galeries d'art, bijouteries rivalisent de luxe, est le lieu de prédilection des milliardaires, des snobs, des fils à papa, des vedettes de cinéma et de tous ceux qui aiment à faire étalage de leur fortune. »

— Ta prise, elle ne marche pas, l'interrompit Isabelle à quatre pattes.

— Ah oui, bien sûr, on a coupé le courant. Tu n'as pas de chargeur sans fil ?

— Non. Et vous ?

— Non plus.

— On est fichus, alors ? intervint Allison sur un ton dramatique.

— Économisons nos batteries, reprit Martin. Réservons nos portables aux urgences. Essayons de vivre sans téléphone…

— Pendant combien de temps ? Tu es cinglé ! glapit Allison, réellement perdue à cette perspective.

— On n'a plus le choix…

— Mais on va être coupés du monde !

— Le monde continuera sans nous…

— Tu rigoles ?

— Pendant des siècles, les hommes ont vécu sans téléphone…

— Pas nous, aujourd'hui, c'est différent !

— Elle a raison, dit Isabelle. Aujourd'hui c'est notre seul contact.

— Essayons de parler entre nous.

— Pour se dire quoi ?

— Les mêmes choses qu'aux inconnus croisés sur nos écrans…

— Ça ne porte pas à conséquence puisqu'on ne les connaîtra jamais !

— Parlons donc dans le vide…

— Gros malin ! boudait Allison.

— Et si on essayait d'être positifs ?

— Tu as une recette ? l'interrogea Isabelle.

— Nos portables vont finir par s'éteindre, d'accord ? Profitons de cette aubaine, comme aurait dit Victor.

— Tu parles d'une aubaine ! protesta Allison.

— Je maintiens le mot. Imaginons un peu… Si les réseaux sociaux se taisent, nous ne risquons plus de nous faire insulter par des anonymes malveillants… C'est toujours ça de gagné sur la sottise…

— Et plus aucune rencontre… soupira Isabelle.

— Comment faisaient les gens d'avant ? Ils se rencontraient dans la réalité, à un arrêt de bus, au cinéma, dans la rue, chez des amis.

— Facile à dire ! rouspéta Allison en contemplant son portable muet.

— Facile à faire ! rétorqua Martin. C'est l'occasion de nous désintoxiquer en redécouvrant la réalité. Nous n'en connaissons plus que l'image, cognons-nous à elle.

— Arrête tes discours débiles ! lâcha Allison, épuisée. Tu parles comme ton bavard de grand-père…

— Exactement.

Martin imita le professeur Portallier :

— Mes enfants, restez tranquilles et écoutez mon cours d'Histoire romaine. Où en étions-nous restés, la dernière fois ? Ah oui ! À nos amis les stoïciens. Qu'enseignaient-ils ? Qu'il y a des choses qui dépendent de nous et des choses qui n'en dépendent pas…

— Banalités !

— Laissez-moi développer… Je ne peux agir que sur ce qui dépend de moi. Donc je ne cherche pas à agir sur quoi je n'ai aucune prise. La marée, par exemple. Conclusion : laissons cette marée aller à son terme, parce que l'eau va bien finir par baisser.

— Eh bien, dit Isabelle en essayant d'ouvrir une boîte de sardines, va nous chercher un ouvre-boîte. Voilà ce qui dépend de toi.

— C'est dans mes cordes. Je descends.

— N'empêche, grogna Allison, on est dans la panade.

Pendant que Martin cherchait un ouvre-boîte en bas, dans un tiroir près de la cuisinière, ses amies alignaient quelques provisions sur la table de leur chambre. Des sardines, des biscottes, du beurre, un pot de rillettes d'oie.

— L'eau minérale, dit Isabelle, il n'en reste plus que huit bouteilles. Après, on va mourir de soif, un comble avec toute cette eau salée qui nous encercle…

— On boira le vin du père Portallier.

— Il est bon, remarque.

— Mais on ne peut plus le boire frais.

— On sera condamnés au vin blanc tiède.

— Pouah !

— Tant pis. Gardons peut-être de l'eau pour nos toilettes.

— Ça n'ira pas loin.

Martin remonta avec un ouvre-boîte :

— L'eau a gagné le rez-de-chaussée ! Il y en a au moins dix centimètres.

18

La pêche aux livres

Aussi excité qu'incrédule, Martin tremblait en racontant ce qu'il venait de constater :

— L'eau atteint les bas rayons des bibliothèques dont les livres sont déjà trempés…

— Le parquet ne résistera pas, dit Isabelle en attrapant l'ouvre-boîte que Martin lui tendait machinalement.

— Le parquet, si. Il a été posé il y a plus d'un siècle, taillé dans un bois de marine capable de subir les pires tempêtes, mais il faut protéger les livres. L'eau les dégrade très vite, plus que le feu. Elle les réduit en charpie. Aidez-moi à les monter d'un étage.

— Il y en a tellement… soupira Allison.

— Il faut les préserver !

— Bon, décida Isabelle. On t'accompagne.

Au pied de l'escalier, ils avaient de l'eau jusqu'aux mollets. Ils pataugèrent jusqu'aux fenêtres, qu'ils ouvrirent, repoussèrent les volets gris : l'eau montait au niveau des balustrades et entrait à gros bouillons dans la pièce en clapotant contre les meubles.

— On fait comme d'habitude, commanda Martin. On sort chacun une pile de livres menacés qu'on pose sur les marches. Sauvons ce qui peut encore l'être.

Il s'empara de reliures qu'il coinça entre ses mains tendues et son menton, puis, d'un pas hésitant, avança vers l'escalier où il posa son butin rescapé, imité par ses amies.

— Ceux-là ont déjà pris la flotte, dit Allison en rangeant huit volumes au-dessus des premiers.

— Qu'est-ce que c'est ?

Elle lut :

— *Grandeur et décadence de Rome*…

— De Montesquieu ?

— Non… Ferrero…

— Gugliemo Ferrero, un des historiens favoris de mon grand-père…

Ils continuèrent leur manège en se dépêchant avant la tombée de la nuit. Bientôt, l'escalier principal fut couvert de livres jusqu'au premier palier.

— On va avoir de quoi lire jusqu'à ce que l'eau redescende, haletait Martin, assis au bord d'une marche.

— Moi j'emmène celui-là, dit Allison.

— C'est quoi ?

— Un bouquin de ton Ferrero, *Les Femmes des Césars*.

— Tu verras, c'est bien.

— Tu l'as lu ?

— Je le sais, Robert m'en a parlé. C'était sa marotte. En plus, Ferrero, il lui est arrivé de drôles de choses.

— Dis-nous, pendant qu'on se repose cinq minutes, intervint Isabelle, les bras chargés.

— Ferrero traitait les mêmes sujets que Robert. C'était un professeur renommé. Il s'était marié avec la fille d'un psychiatre pareillement célèbre... Elle s'appelait, si ma mémoire est bonne, Gina Lombroso, et ils avaient un fils, Léo... Vous savez ce qu'elle a fait ? En suivant les manies de son père, elle l'a décortiqué.

— Comment ça ?

— Depuis le jour de sa naissance, elle a tout noté sur son fils, son poids, sa taille, ses premiers mots, ses gestes, tout. Ça a duré vingt ans. Cela finit par ressembler à un vrai livre. Léo le découvrit. Sa vie n'avait plus de mystères...

— Elle se prenait pour Instagram, ta Gina.

— Il y avait de ça.

— Et alors ?

— Léo a tout lu. Et il s'est tué.

— Vivre sans ombres, décréta Isabelle, ce n'est pas possible.

— Il n'a pas supporté que l'on puisse tout connaître de lui...

— Nous aussi, aujourd'hui, on sait tout de nous, souligna Allison.

— On s'est habitués à vivre sans mystères.

— Moi, reprit Isabelle, je ne me suis pas habituée à cette exhibition permanente des réseaux. Il faut préserver nos secrets. Soyons sournois et menteurs. L'époque nous y pousse. Portons des masques, inventons-nous à notre gré, racontons des histoires fausses et aidons à les répandre. Une idiotie a six fois plus de chance d'être crue qu'une vérité.

— Tu as raison, Isabelle. Inondons les écrans de fadaises.

— Ils le sont déjà…

— Inonder, ajouta Allison, ça ne me paraît pas un mot très judicieux en ce moment.

Martin se leva :

— Allez ! On continue.

— J'ai faim ! protesta Allison.

— On mangera quand on aura sauvé tous les rayonnages du bas.

— Sauvé ? Jusqu'à quand ?

— Pas de défaitisme !

19

Un camps de barbares

Par un souci des bienséances héritées de leur éducation familiale et bourgeoise, ils se tenaient à table à l'heure présumée du dîner. Dehors, il faisait un temps épouvantable et le ciel restait noir. Ils avaient tout préparé selon les règles afin de se prouver que leurs activités étaient bien ordonnées. Allison avait disposé les assiettes, sorti les couverts en argent des grands-parents, arrangé les sardines à l'huile d'olive sur un plat pour qu'elles fussent appétissantes. Ils allumèrent trois bougies fichées dans des pots de yaourt vides, comme une jolie manière de se donner le change. Ne manquaient que le frac et les robes longues, mais à cause de la chaleur lancinante qui les épuisait, ils s'assirent devant ces agapes nus comme des sauvages, tels que cette villa n'en avait jamais hébergé. Ils faisaient des manières mais, avant de se servir, Martin plomba l'ambiance :

— Demain, nous allons lancer une expédition pour nous ravitailler. Ça me semble vital.

— En radeau ? plaisanta Isabelle.

— Pourquoi pas ?

— Tu rêves ! Les troncs d'arbre, tu vas les dénicher où ?

— On n'a qu'à dépiauter les meubles, ça ne manque pas, dans notre jungle.

— Et tu vas les assembler comment, les planches que tu auras récupérées ?

— Avec la corde que j'ai montée de la cave avant qu'elle ne devienne un lac…

— Quand on mettra ton embarcation à l'eau, elle coulera illico, s'exclama Isabelle.

— Essayons. Ça nous occupera…

— Vous ne reprenez pas des sardines ?

— Ce ton cérémonieux ne colle pas à la situation, Martin.

— Allison a raison, regarde-nous, égarés, déglingués…

— Ce n'est pas une raison pour manquer d'appétit !

— Appétit ! releva Isabelle. Il a dit appétit ! Elles sont maigrichonnes, tes sardines !

— Ce n'est pas le moment de nous chamailler, s'emporta Allison.

Ils se renfrognèrent en croquant des biscottes. Isabelle en rajouta :

— Merci pour le souper fin.

— On fait avec ce qu'on a.

— Au moins, on ne dormira pas avec le ventre vide, coupa Martin.

— Parce que tu veux dormir ?

— On peut rêver pour oublier.

— Et se réveiller en pleine désolation, ajoutait Allison.

— Que proposez-vous d'autre, mesdames ?

— Ah, je te vois venir, toi !

— Tu as de la chance, Isabelle.

— Perspicace seulement, monsieur Martin.

— Dis-nous...

— Je vous préviens, dit encore Isabelle, je n'ai pas la tête aux orgies.

— Nous non plus.

— Ils sont menteurs, ces bonshommes ! Ne me dis pas que tes pulsions ne te travaillent pas !

— Ma seule pulsion c'est de manger.

— Avec ce souper aux chandelles ?

— Chandelles, chandelles, un peu raté, non ?

— Mes bougies, dit Martin, avouez qu'elles nous empêchent de trop déprimer.

— J'ai toujours aussi faim, dit Allison, mais je meurs de sommeil.

— Moi aussi, reconnut Martin.

— Va te coucher, Casanova ! lui jeta Isabelle.

— Qui c'est, celui-là ?

— Tu ne connais pas Casanova ?

— Non.

— Moi non plus, avoua Allison.

— Il faut tout leur apprendre, à ces jeunots !

— Eh bien, apprends-nous.

— Ton grand-père ne t'a rien appris, benêt ? À part Pétrone parce que c'est du latin ?

— Ah oui, Pétrone. *Le Banquet chez Trimalcion*, c'est d'un rasoir…

— Mon Casanova est plus rigolo, reprit Isabelle. Lui, au moins, il offrait des vrais dîners fins aux marquises, pas des raclures de placards.

— C'est mieux que rien !

— Faut voir.

— Il mangeait quoi avec ses marquises, ton Casamachin ?

— Des huîtres.

— Navré, s'agaçait Martin. Nous n'avons pas cet article en magasin.

— Ces huîtres, il les glissait dans les décolletés de ses invitées, qui gloussaient, et il les attrapait avec sa bouche…

— Tu veux essayer ? proposa Martin.

— Avec des sardines ? Moins excitant, non ? Tu veux me fourrer une sardine à l'huile entre les seins pour la recueillir avec les dents ? Quel romantisme !

— Je n'ai jamais dit ça !

Isabelle éclata de rire.

— Mais tu y penses, non ?

— Même pas.

— Menteur ! Tu m'as dit que je ressemblais à ta belle-mère.

— Un peu. Enfin, vous avez le même âge…

— Pour la gaudriole, tu recours à ta belle-mère ?

— Une fois, oui, c'est arrivé, mais par hasard…

— Les histoires salaces surviennent toujours par hasard.

— Je te dis la vérité !

— Pas de préméditation, je te l'accorde. Juste une envie née des circonstances.

— Comment le sais-tu ?

— Je le devine.

— Alors raconte.

— Un jour tu vas te laver les mains. Tu entres dans la salle de bains, chez ton père, et qui découvres-tu qui se prélasse dans la baignoire ? Ta belle-mère.

— C'est à peu près ça…

— Elle t'attire à elle, te bascule dans l'eau tiède…

— Arrêtez de parler d'eau ! protesta Allison.

— Tu veux prendre la dernière sardine pour terminer ta biscotte ? demanda Isabelle d'une voix douce.

Ils se taisaient. Allison regroupa la vaisselle sale en empilant les assiettes. Elle posa une dernière question :

— On fait comment, pour laver la vaisselle ?

20

La situation se détériore

Martin découvrit le lendemain que l'eau avait gagné les premières marches du grand escalier, et commençait à envahir les bibliothèques sacrées du grand-père.

Un remous frappait les livres de plein fouet, délogeait des éditions rares et basculait des piles incertaines de livres de poche, plus légers, qui tombaient et nageaient au gré de leur caprice. Il descendit en se cramponnant à la rampe, avisa en surface le *Beau Masque* de Roger Vailland qui naviguait à côté d'un petit Plutarque tout fin, *Comment tirer profit de ses ennemis*. Il les repêcha, espérant les sauver, mais ils étaient imbibés et ne reprendraient jamais leur forme initiale. Après en avoir ainsi remonté une dizaine qui flottaient en surface, voyant ses efforts sans espoir de réussite, il s'installa sur une marche haute et, découragé, contempla ce gâchis. Les gros volumes délogés par les eaux tombaient et coulaient à pic, les plus légers semblaient baguenauder de-ci de-là, contrariés par les courants que formait chaque nouvelle arrivée d'eau. La mer poussait loin ses avancées en ravageant tout sur son passage. Certains livres venaient s'échouer devant Martin. Il les repêchait et les entassait sur les plus hautes marches, sans même prêter attention à leurs titres ni au nom de leur auteur. Une *Histoire des dictatures de l'Antiquité à nos jours* côtoyait dans le sauvetage un minuscule *Éloge de l'oisiveté* de Bertrand Russell… Et il en arrivait d'autres, qui butaient au pied de l'escalier ; ils se présentaient dans le plus parfait désordre, selon leur poids plus qu'en obéissant au classement choisi par M. Portallier, périodes historiques ou genres… Le *Gilles* de Drieu voguait dans le sillage du *Désespéré* de Léon Bloy.

Lassé par cette désolation, Martin retira encore des naufragés qu'il plaça à l'abri, comme *Un adolescent d'autrefois* de Mauriac, ou Moravia, Malaparte, Mérimée rangés hier encore selon l'ordre alphabétique.

Puis il remonta chercher de l'aide.

Isabelle faisait chauffer du café sur le petit réchaud.

— J'ai besoin de bras, dit-il.

— D'abord un café.

Martin en accepta un bol qu'il but en grimaçant :

— Où as-tu mis le sucre ?

— La chaleur n'est toujours pas tombée…

— On n'entend plus la pluie…

— Il s'est arrêté de pleuvoir ?

— Je n'en sais rien. Je ne suis pas allé jusqu'aux volets…

— Tu pouvais au moins essayer de regarder dehors.

— En bas, les pièces sont sous l'eau.

— Ça a encore monté ?

— Oui. À la surface, des tas de livres nagent plus ou moins bien. J'en ai vu sombrer, les plus lourds, d'autres emportés par un courant venu de nulle part.

Allison sortit du lit à ce moment :

— Ça ne s'améliore pas ?

— Non.

— On essaie de sortir ?

— Impossible pour l'instant.

— Qu'est-ce que tu proposes ?

— Sauvons les livres de mon grand-père que cette flotte infernale a malmenés.

— Ça ne va pas résoudre nos problèmes.

— On peut penser que la mer ne va pas grimper jusqu'au toit ! Ça me paraît impossible.

— En apparence, plus rien n'est impossible.

Désœuvrés, impuissants à quitter cette villa submergée, les trois réfugiés décidèrent, pour s'occuper l'esprit, de monter aux étages les livres et les bibelots rescapés du naufrage. Ils redescendirent ensemble. À mi-palier du rez-de-chaussée, ils s'arrêtèrent pour mesurer le désastre. À trois, ils eurent le courage de visiter les pièces d'en bas, de l'eau jusqu'aux genoux. En se déplaçant, ils produisaient eux-mêmes des vagues, bousculant les livres flottants qui tourbillonnaient, se heurtaient, coulaient ou s'égaraient sous la grande table en bois. Deux lampes étaient renversées. La télévision muette les regardait de son écran gris, parfaitement inutile. Ils eurent la force, à trois, de repousser les volets pour estimer le niveau de la mer. Ce fut difficile, car l'eau les maintenait fermés. Ils y parvinrent et regardèrent.

La pluie avait cessé.

L'eau noyait désormais les premiers étages des villas. Seul un bateau pourrait leur permettre de s'échapper, si le niveau ne baissait plus.

— Attendons ici, se résolut Martin. Peut-être que des patrouilles de sauveteurs inspectent les rues.

— Les livres qui restent, demanda Allison, on les abandonne ?

— Montons-en le plus possible.

— L'un d'entre nous devrait rester à cette fenêtre pour attirer l'attention des éventuels secours.

— Si tu veux faire le guet, Isabelle…

— On prendra le relais…

— Et si personne ne vient ? s'inquiéta Allison.

— Là, on sera mal.

21

L'emmerdeur

Isabelle se posta en vigie devant l'une des fenêtres de l'étage immergé. Elle avait enfilé sa robe rose, la seule qu'elle avait emmenée, pour apparaître plus présentable aux éventuels sauveteurs et restait là, debout dans l'eau de mer, tandis que les deux autres continuaient leur déménagement de livres vers le premier. Sans doute parce que le temps s'était stabilisé et qu'une lumière faible filtrait des nuages gris, ils croyaient que l'eau ne montait plus, mais pour en être certains ils devraient encore passer la nuit prochaine en alerte, en instaurant des tours de guet.

Au terme de deux ou trois heures ils entendirent le moteur d'un canot qui se rapprochait et en conçurent un espoir. Arrivé à la hauteur de leur impasse, le canot vira pour stopper devant la maison voisine où habitait jusque-là Isabelle. Celle-ci fit des gestes pour appeler l'homme du canot qui l'avait vue, et lui parla :

— Vous pouvez m'aider, mademoiselle…

— Ça tombe bien, vous aussi !

— Je cherche une demoiselle Watson.

— C'est moi.

— Vous ne logez pas au numéro trois ?

— Je suis chez des amis, au numéro cinq.

— Parfait, dit l'homme.

Il avait un visage de fouine, des lunettes à monture d'écaille et une cravate sobre.

— Qu'est-ce que vous lui voulez, à mademoiselle Watson ?

— Juste une affaire de copropriété à régler.

— Ce n'est peut-être pas le moment idéal.

— Pour des formalités, il n'y a pas de moment idéal, mademoiselle…

— Dites toujours.

— Eh bien voilà. Sur l'intervention de monsieur Fournerolles, pour sa recherche de fuite, l'entreprise Mathou semble avoir trouvé l'origine de l'infiltration massive d'eau dans le souplex de madame Morizet. L'infiltration serait due à une malfaçon du plombier qui aurait laissé ouvert un tuyau souterrain d'évacuation des eaux pluviales.

— Je joue quel rôle, dans ce vaudeville ?

— Une partie des eaux continue à s'infiltrer sous le jardinet jusqu'au mur de fondation, du fait de l'impossibilité de leur écoulement. D'après l'entreprise, le pompage des boues et le curage de la canalisation bouchée semblent indispensables…

— Faites, faites…

— Pas si simple, mademoiselle…

— Surtout en ce moment !

L'autre ne se démontait pas et poursuivait sa tâche ordinaire avec une voix imperturbable :

— Le technicien de la communauté de communes et le service des eaux, ainsi que l'employé du service de l'urbanisme de Trouville, confirment que l'entretien des canalisations des eaux pluviales dans l'impasse incombe aux propriétaires et copropriétaires qui les utilisent. La canalisation devant votre immeuble et également au numéro cinq, propriété de M. et Mme Portallier, et au numéro un, propriété de Madame Petiot…

— Où voulez-vous en venir avec ces fadaises ?

— Je demande votre accord concernant le partage des frais d'entretien de cette canalisation.

L'homme du canot poursuivait son exposé :

— Je tiens à vous préciser que le métrage de la canalisation est globalement égal pour chaque propriété.

— Dans la situation où nous sommes, voilà qui me semble parfaitement incongru, mais vous n'avez qu'à m'envoyer un courrier.

— Si vous y tenez…

— J'y tiens.

L'homme à tête de fouine remit son moteur en marche et s'apprêtait à partir à reculons jusqu'à la rue d'Orléans quand Isabelle l'arrêta :

— Hé ! Vous avez dû croiser des patrouilles de la police municipale.

— Effectivement, sur le quai Fernand-Moureaux.

— Eh bien signalez-leur notre existence, parce que je pense que vous ne pouvez, vous, rien faire pour nous ?

— Je ne fais que mon service, mademoiselle

— Et vous vous appelez ?

— Norbert Cornudon, de l'agence Trouville-plage.

— Merci de votre attention, M. Cornichon !

— Cornudon…

Et l'imbécile repartit en arrière.

— C'était qui ? demanda Martin, les bras chargés de livres.

— Rien. Un emmerdeur.

— Qu'est-ce qu'il voulait ?

— Il va prévenir les secours, enfin, je l'espère. Il a la comprenette un peu difficile, tu vois, le genre employé de bureau qui ne voit rien au-delà de son service.

— Oui. Un con.

— Si tu préfères. Moi, j'aime mieux emmerdeur.

— Tu viendrais nous aider ?

— Et si mon emmerdeur prévient quand même les secouristes ?

22

La mystérieuse chambre du premier

Ils persévéraient dans leur déménagement salutaire des bibliothèques du rez-de-chaussée pour les éloigner de la marée qui s'infiltrait. Les escaliers étaient à peu près saufs, où les ouvrages chéris par le professeur Portallier s'entassaient. Ils en avaient plein les bras mais ce sauvetage leur conférait pour l'heure une certaine utilité. Le premier palier était maintenant surchargé. Ils avaient à peine la place de passer. Occupaient aussi les premières marches du second étage des livres des derniers rayons épargnés.

— Et là ? demanda Isabelle en désignant une porte close.

— Quoi, là ? dit Martin, haletant.

— Il y a une chambre ?

— Celle de mes grands-parents, oui.

— Ne me dis pas qu'il n'y a plus de place.

— En général, on n'y entre jamais.

— On n'a pas le choix.

— Bon, c'est vrai…

Et il ouvrit. Il sentait qu'il commettait une sorte de sacrilège. C'était la chambre sacrée de ses grands-parents. Les rideaux bruns des bow-windows étaient tirés, retenus fermés par trois pinces à linge car ils ne pouvaient plus monter à leur âge sur un escabeau pour mieux ajuster le tissu le long de la tringle. Martin les ouvrit. La pluie avait bien cessé, mais non le vent. Il se pencha pour regarder d'en haut leur impasse noyée. Des courants poussaient l'eau des deux côtés vers les maisons, jusqu'au-dessus de certains étages.

La chambre du premier était de loin la plus haute et la plus grande de la villa. Un lit très large occupait le mur près de l'entrée principale, et une autre porte, à la gauche des fenêtres, ouvrait sur le bureau encombré de dossiers et d'autres bibliothèques. Le bureau en bois de rose lui-même croulait sous la paperasse. Dans la chambre proprement dite, trois armoires en chêne clair pour les vêtements entre d'autres rayonnages, et une autre porte qui s'ouvrait sur une sorte de dressing où l'on remisait le linge de maison, des couvertures et autres objets de ménage.

Martin tira à lui l'album de photos qui dormait sur une table basse et ronde, pendant qu'Isabelle et Allison apportaient encore des livres qu'elles posaient sur les tapis.

— Encore un effort, dit Allison en posant sur le sol les onze premiers volumes de l'*Histoire des civilisations* de Will Durant, un Américain disciple de Voltaire qu'adulait le professeur Portallier et qu'il avait rencontré près de Los Angeles ; leur conversation avait tourné court car Will Durant était sourd comme un pot.

La chambre fut bientôt remplie à son tour.

— Pousse-toi un peu, il y en a encore, râla Isabelle en déposant sur le lit où Martin feuilletait son album de photos une nouvelle brassée de reliures.

Martin se poussa sans lâcher l'album.

— C'est si passionnant ? se moqua Allison.

— L'enfance de ma famille, lâcha Martin avec un soupçon de nostalgie.

— Eh bien raconte-nous, proposa Isabelle.

— Pour nous distraire, le pria Allison.

Ce vieil album de photos en noir et blanc offrait à Martin une heureuse diversion. Ils pourraient se reposer en divaguant sur le passé pour oublier que l'eau montait ; un répit au milieu de cette catastrophe dont ils attendaient une issue incertaine. Il allait répéter ce que lui avaient raconté à ce propos ses grands-parents. Au début c'était d'ailleurs lui, Robert, cet enfant bouclé en barboteuse blanche qui faisait semblant de fumer la pipe devant un escalier de Monte-Carlo où sa famille avait vécu quelques années. Et là, son arrière-grand-père en tenue de tennis des années cinquante en train de rire avec son adversaire devant le filet, un monsieur bronzé aux cheveux noirs et ondulés.

— Qui c'est celui-là ? demanda Allison.

— Un ami de mon arrière-grand-père François.

— Tu l'as connu ?

— Ni l'un ni l'autre. Je connais juste leur histoire d'après mon grand-père, qui était très jeune à cette époque.

— On t'écoute, dit Isabelle.

— Le nom de cet homme ne vous dirait plus rien aujourd'hui, mais il a eu un parcours singulier.

— Raconte…

— Il avait été le dompteur d'un grand cirque, puis, par un drôle de cheminement, il était devenu un coiffeur pour dames réputé dans les années cinquante. Il tenait, m'a-t-on dit, un salon à la mode avenue Montaigne, très chic, très couru. Cela fit sa fortune et son malheur…

— Raconte…

— Il se nommait René et son talent inné de coiffeur lui apporta la fortune. Il s'acheta un château à Bougival où il donnait des concours hippiques dans son parc ; on y croisait tout un Paris mondain et fortuné…

Hélas, comme les grands de la mode qui s'étaient fait un nom, il a voulu créer sa marque de parfum. Au lieu de confier l'affaire à des spécialistes, il a tenu à fabriquer lui-même son parfum. Et il s'est ruiné. Sans compter que son ancien instinct de dompteur avait ressurgi et qu'il fit construire des cages dans son parc où il enferma des fauves. Certains lions s'échappèrent, ce qui lui valut pas mal d'ennuis…

— Tu en parles comme si tu l'avais connu.

— Il avait marqué mon grand-père.

— Ensuite ?

— Il a dû revendre son salon de coiffure et son château…

— Et il s'est retrouvé sur la paille ?

— Il a terminé sa vie dans une camionnette où il dormait. Il mendiait auprès de ses anciens amis pour s'acheter de l'héroïne. Il en est mort.

— D'après cette photo, on n'aurait pas dit…

— Les photos ne racontent pas les destins.

— Tourne les pages…

Martin obéit.

Ils voyageaient dans les années cinquante, dans la jeunesse de Robert. Le voici en culottes courtes sur une photo de classe, puis avec d'autres enfants sur la plage de Blonville-sur-Mer. Martin en profita pour évoquer la Normandie de cette époque qu'il n'avait pas connue. Les pêcheurs avaient aménagé les blockhaus abandonnés par les armées allemandes et ils y vivaient. Chaque jour, en fonction des marées, ils tiraient leurs filets sur la plage, et on pouvait leur acheter le poisson qui frétillait à même le sable. Robert avait une bonne mémoire que ses vieilles photos entretenaient.

Martin tournait les pages de ces souvenirs d'avant sa naissance dont il rendait compte avec un tel accent de vérité qu'on pouvait croire qu'il les avait vécus :

— Quand il avait dix ou onze ans, Robert partait à marée basse avec un seau pour pêcher des crevettes. En se retirant, la mer laissait des dizaines de petites flaques sur le sable mouillé. Il suffisait d'y plonger la main pour en sortir une poignée de crevettes grises.

— Ça a drôlement changé.

— Robert laisse entendre que la vie était plus simple.

Et il tournait les pages.

— C'est qui, ces deux-là ?

— Mes grands-parents quand ils étaient jeunes.

On voyait Mathilde et Robert qui se tenaient par l'épaule. Ils devaient avoir trente ans. Elle riait aux éclats.

— Houlà ! dit Allison. Ils vivent ensemble depuis combien de temps ?

— Cinquante ans cette année.

— Ça n'arriverait plus aujourd'hui, commenta Isabelle.

— Qui sait ?

— Ils ne se sont jamais disputés ?

— Je ne crois pas…

— Le bonheur ? Ça me déprime, dit Allison.

— On ne peut pas savoir ce qui va nous arriver.

Isabelle s'était levée pour regarder dans l'escalier :

— L'eau monte toujours, dit-elle en revenant. Elle recouvre déjà les premières marches…

23

Mauvaise surprise

Après quelques heures de déménagement d'un étage à l'autre, ils étaient fourbus. Les premières marches de l'escalier principal avaient disparu sous l'eau qui poursuivait son lent et inexorable mouvement. Aucun sauveteur n'était intervenu, qu'ils auraient forcément entendu à ses appels. Ils ne comptaient plus que sur eux-mêmes.

— Je meurs de soif, dit Allison en sueur.

— Il va falloir se restreindre, expliqua Martin en lui tendant une bouteille d'eau minérale.

— Et si on évaluait nos provisions ? proposa Isabelle.

— Ce sera vite fait…

Sur l'unique table de leur chambre, il avait réuni leur garde-manger : trois boîtes de thon à l'huile, trois bouteilles d'eau et une poignée de biscottes.

— Il va falloir se rationner…

— Tenir sans boire, avec cette chaleur…

— On n'a pas le choix.

— Comment ont fait les autres ?

— Les autres quoi ?

— Les autres naufragés, tiens !

La question était évidente. On leur avait raconté des histoires de gens abandonnés à la mer, sur un radeau ou un canot renversé, et qui s'en étaient sortis. Qu'avaient-ils bu ? De l'eau de mer ? Non. Alors ? Ils avaient réussi à dessaler l'eau de mer ? Par quelle méthode ? Allison tempêtait :

— On n'a même plus Internet pour nous éclairer !

— Dis, Martin, tes grands-parents devaient quand même avoir un transistor ? Qu'au moins on puisse se renseigner sur la situation.

— Une radio ? Oui, sûrement, mais où ?

Dehors, un vent violent avait remplacé les orages.

— J'allume une bougie, dit Martin. La nuit tombe.

— C'est toi qui le dis ! grogna Allison. On ne peut même plus savoir l'heure.

— Navigue au flair comme les Indiens, répliqua Martin, agacé.

— Tu connais les Indiens, Isabelle ? Une hôtesse de l'air, ça doit voyager à prix réduits, ou allonger ses escales…

— Je connais surtout la mousson.

— Ça ressemble à ce qu'on est en train de vivre ?

— Non. D'abord elle est prévue.

Isabelle leur détailla ses moussons entrevues en Inde ou en Thaïlande. Le temps de son récit, ils voyagèrent et en oublièrent leur soif. À Bénarès, le Gange recouvrait tous les dômes et les coupoles de ses rives basses, mais les bâtiments avaient été au préalable évacués. Les pluies venaient chaque soir, drues, fortes et longues pour s'arrêter une heure plus tard. Elle se rappelait avoir assisté à un spectacle du cirque de Kanpur. Sous la tente elle s'était assise au premier rang des gradins, un peu surprise d'être la seule. Les Indiens s'asseyaient tout en haut. Elle avait compris plus tard. La pluie de mousson commença au moment des trapézistes, transperça la toile de tente et inonda les gradins. L'eau lui était vite montée aux chevilles. Derrière, les Indiens riaient de sa bévue : eux, ils savaient. À Bangkok, elle se souvenait aussi des rues sous l'eau. Il fallait prendre garde aux bouches d'égout qui restaient ouvertes et où tombaient les imprudents…

À califourchon sur le lit, Allison écoutait, quand elle interrompit brusquement le récit des voyages d'Isabelle aux pays de la mousson :

— Silence ! dit-elle en alerte.

— Qu'est-ce qui te prend ?

— Ouvrez vos oreilles…

— Tu entends des voix, Jeanne d'Arc ?

— Imbécile ! J'entends des bruits, comme des pas.

— C'est le vent, dit Martin.

— Il siffle très fort, poursuivit Isabelle.

— Ce n'est pas le vent…

— Non, Allison, les goélands ne marchent plus sur nos toits. Ils sont déjà partis. Tu as pris le dernier sur la tête, avant-hier. Un maladroit.

— Ce ne sont pas les goélands…

— Eh bien faisons une ronde, proposa Isabelle.

Martin alluma une nouvelle bougie fichée sur une soucoupe, se leva et ouvrit leur porte. Sur le seuil, il tendit l'oreille :

— Pas un bruit, à part le vent qui fait claquer un volet, en bas.

— Ce n'est pas un volet, insistait Allison. Je vous jure que j'ai entendu des pas !

— Tu as rêvé, dit encore Martin qui scrutait l'obscurité en haut de l'escalier, sa bougie à la main.

— Je n'ai pas rêvé. Des pas, je vous dis…

— Viens, écoute… Nous sommes seuls, hélas.

Allison le rejoignit :

— Je vais aux toilettes. Passe-moi ta bougie.

Martin repartit à tâtons vers la chambre. Au moment où Allison s'accroupit au-dessus du seau, elle sentit une grosse main qui lui fermait la bouche et ne put crier à l'aide.

24

Les charognards

Maintenue par la main ferme qui la bâillonnait, Allison se contorsionnait, frappait des coudes et des talons. L'homme était caché derrière le battant de la porte de la salle de bains et il avait surgi de l'obscurité. La bougie tombée se consumait sur le carrelage et, de sa main gauche, l'agresseur la ramassa. Allison le vit dans la glace du lavabo. L'ombre creusait ses joues et les arêtes de son nez fin comme un bec. Il lui parut anguleux et sa bouche se déformait dans l'effort qu'il faisait pour qu'elle ne pousse aucun cri. Elle finit par s'essouffler et se laissa aller afin que l'homme relâchât sa prise. Ce qu'il fit. Elle se laissa glisser sur le sol. Elle entendait sa respiration saccadée.

— Vous êtes combien ? lui demanda-t-il d'une voix rauque.

— Trois, bafouilla-t-elle.

— Relève-toi !

Il la prit par le bras pour la soulever. Elle se releva, mal assurée sur ses jambes après toutes ses gesticulations. Il la traîna sur le palier. Alors elle cria. La porte de la chambre s'ouvrit aussitôt et Martin apparut dans l'entrebâillement avec, lui aussi, une bougie à la main qu'il leva :

— Allison ?

— Martin !

Martin avanca d'un pas et vit l'homme qui tenait Allison, un grand type en caban de marin, le pantalon trempé jusqu'aux cuisses. Il avait un petit bonnet sur la tête.

Il resta bouche bée, ne trouvant rien à dire, puis :

— Qui êtes-vous ?

— Un visiteur, grommela l'homme à la voix rauque.

— Vous êtes entré comment ?

— En barque, mon petit monsieur.

— Vous avez une barque ?

— On l'a amarrée à la balustrade d'une fenêtre.

— Une barque !

Martin avança d'un pas.

Venu du couloir qui filait vers l'escalier, un autre homme le ceintura et le plaqua contre le mur. Ce fut si brutal que des livres tombèrent en pluie sur l'assaillant, de grosses reliures très lourdes :

— Saleté ! dit l'homme en recevant sur la tête un gros volume du *Tour du monde, journal des voyages* daté de 1861.

D'une bourrade, l'autre repoussa Allison dans la chambre. Son comparse en fit de même avec Martin. Tous deux tombèrent à la renverse sur le lit où Isabelle s'était assise.

— Bougez pas, les jeunots.

— Qui êtes-vous ?

— Des visiteurs, on t'a dit.

— Que voulez-vous ?

— Faire nos emplettes, dit l'autre en posant sa bougie sur la table.

Il était plus petit mais plus gras que son complice, avec une mèche sur l'œil et un sourire faux. Sa voix était plus traînante.

— Et vous ?

— On croyait qu'y avait personne, compléta l'autre.

— On s'abrite, grogna Martin. Et vous m'avez dit que vous étiez venus en barque ?

— Tu en sais des choses, rugit le petit gros.

— Qu'est-ce que vous voulez ? jeta Allison.

— D'abord à boire, ma p'tite demoiselle, rétorqua le grand.

— Notre eau est rationnée, eut le toupet de répondre Martin.

— Eh ben file-nous not'ration ! grimaça le gros.

— Les bouteilles qui nous restent sont sur cette table, dit Martin en pointant du doigt leurs provisions.

Le gros s'empara d'une bouteille et but au goulot. Son comparse expliqua, en s'essuyant le front avec sa manche :

— C'est qu'y fait chaud, hein ?

— Vous n'avez pas répondu à ma question, s'enhardit Martin.

Il pensait que ces deux voyous n'étaient pas armés, sinon ils auraient tiré leurs couteaux ou leurs revolvers. Non, c'étaient plutôt deux pauvres imbéciles qui cassaient les portes ou les fenêtres des villas pour récupérer des objets à revendre.

— Z'avez pas d'cave, ici ?

— On avait.

— Ouais, Maurice, leur cave est sous l'eau...

— Habilement raisonné, fit mine de s'extasier Martin.

— Tais-toi, le gamin ! rugit le grand et, chipant la bouteille d'eau des mains de son complice, il but à son tour, longuement.

— Vous nous en laisserez ? supplia Allison.

— T'as soif, la sirène ?

Le grand, que l'autre avait appelé Maurice, lui ficha la bouteille dans la bouche.

— Vous pourriez nous aider, risqua Martin.

— Tu manques pas d'air, toi, s'étonna le gros.

— Laisse-le parler, Bruno.

On connaît déjà leurs noms, pensa Martin.

— Vous vous êtes trompés de villa, s'enhardit-il.

— Et quoi encore ! répliqua Bruno en levant la main comme s'il allait le gifler.

— Laisse-le causer, Bruno.

— Il n'y a rien de précieux, ici.

— Qu'est-ce t'en sais ?

— C'est la villa de mes grands-parents.

— Si tu connais les lieux, reprit Maurice, tu dois pouvoir nous piloter...

— Rien qui puisse vous intéresser, du genre bijoux, objets d'art, non, rien que des livres à tous les étages. Je ne vois pas ce que vous en feriez.

— Continue.

— Quelques bibelots, peut-être, des souvenirs de vacances sans autre intérêt que sentimental. Tenez, sur l'étagère du lavabo il y a un mug où on range les brosses à dents…

— Un quoi ? dit Bruno.

— Une espèce de tasse avec une anse. Elle est décorée par les visages du prince Charles et de lady Di pour fêter leur mariage.

— Ça vaut cher, ça ?

— On peut le revendre à un collectionneur.

— Ou à un antiquaire ?

— Un brocanteur, plutôt. Si vous en connaissez un…

— Cause-nous encore des trésors idiots de c'te baraque ! menaça Bruno.

— En bas, sur la cheminée, je suppose au ras de l'eau, il y a un couple de figurines que mes grands-parents ont acheté à Hué.

— Où c'est, c'te bourgade ?

— Au Vietnam.

— Pas en Normandie, alors ?

— Pas vraiment.

Et Martin les endormit de paroles :

— Ces figurines représentent un couple de paysans ivrognes. Là-bas, on leur a expliqué qu'ils étaient les personnages d'un conte très célèbre dans cette région centrale du Vietnam, mais personne n'a pu leur en dire davantage. Mon grand-père en était furieux.

— Ça on s'en fout ! trancha Bruno.

— Tout est dans ce genre, ici…

— Et y sont où, ces grands-parents ?

— À Barcelone. Ils nous ont prêté leur maison.

— Y vont être surpris en rentrant !

— Ils rentrent quand ? demanda Maurice.

— Dans une dizaine de jours…

— Ouais, si tout va bien et c'est pas l'cas !

— Mon cher Bruno, reprit Martin, personne ne sait rien de rien. Tout peut arriver. Et puis nous sommes coupés du monde. Même si nous avions des batteries sur nos téléphones, je pense que les antennes relais sont hors d'usage. Et vous, vous avez des téléphones ?

— Tu voudrais nous piquer nos batteries, malin !

— Pas une seconde, je vous l'ai déjà dit : il nous est impossible, à vous comme à nous, de communiquer avec l'extérieur.

Allison et Isabelle s'étaient recroquevillées l'une contre l'autre et pensaient que Martin s'en tirait plutôt bien. Il avait réussi à tenir en respect les deux malfrats. Il se révélait dans l'épreuve. Et il en rajoutait :

— Ce qui vaut cher, je vous le répète, ce sont les livres de la bibliothèque. Tiens, Bruno, comme celui que tu as pris sur la tête en me poussant contre le mur. Vous allez les transporter comment ? Ils sont très lourds…

— Je sais ! râla Bruno.

— Dans notre barque ? risqua Maurice.

— Dans votre barque ? Vous plaisantez !

— On en a l'air ?

— Elle coulerait, votre barque, si vous la remplissiez de livres. Pour les ranger où ? Combien de voyages vous faudrait-il ? Ah ! Si vous aviez un camion, ce serait différent. Vous savez le moyen d'amener un camion jusqu'ici ?

— Faudrait d'abord que l'eau baisse.

— Mais elle monte.

— On va tout fouiller ! s'emporta soudain Bruno. M'étonnerait qu'on trouve rien !

— Vous avez la cervelle racornie.

— Sois poli, paltoquet ! menaça Maurice.

— Je suis poli. Je vous expose simplement la réalité.

— Pour nous embobiner ! grogna Bruno.

— C'est quoi, ta réalité ? questionna Maurice.

— Nous devons sortir d'ici.

— On s'en doute !

— Je sais comment, reprit Martin.

— Ben dis-le !

— En barque.

— Notre barque ?

— Je n'en vois pas d'autre…

— Pour aller où ?

— C'est vous qui arrivez du dehors et devez nous le dire.

— Dire quoi ? L'eau recouvre tout.

— Ici on est au sec. Il suffirait d'y apporter ce qui nous manque pour tenir quelques jours. D'ailleurs, vous pourrez demeurer à cet étage en attendant.

— En attendant quoi ? Hé ! Malin…

— La fin du déluge.

25

L'expédition

Depuis plusieurs heures il ne pleuvait plus, mais cela n'empêchait pas l'eau de monter ni le vent de souffler en formant des vagues. Un soleil pâle s'était montré et on éteignait les bougies pour les économiser. Martin réussit à persuader Maurice de tenter une expédition en ville pour récupérer ce qui leur manquait où ils le pourraient. Ils descendirent tous les deux vers l'embarcation attachée au rez-de-chaussée. En la voyant, Martin resta interdit :

— Je croyais que c'était une barque…

— Ça flotte, dit Maurice, de l'eau jusqu'à la ceinture car cette fichue marée avait gagné cinq marches supplémentaires de l'escalier et que la grande pièce d'en bas ressemblait maintenant à un lac.

Martin ne cachait pas sa déception :

— On ne pourra jamais tenir à cinq là-dedans…

— Peut-être, mais il y a un moteur.

— Qui fonctionne ?

— Et comment !

— On ne vous a pas entendus venir, cette nuit.

— On est venus à la rame, justement, pour qu'on ne nous entende pas.

— Mais on ne pourra pas entasser des provisions conséquentes dans cette espèce de youyou !

— On prendra le nécessaire pour quelques jours.

— Partons en chasse.

— De toute façon on voulait rester, dit Allison qui venait de descendre l'escalier en pataugeant.

— Où reste Bruno ? demanda Maurice.

— Il roupille sérieux.

— Tant pis. On y va !

Martin et Maurice détachèrent le petit canot qui flottait en surface de ce qui avait été le jardin. Ils escaladèrent la balustrade de la fenêtre et s'y installèrent au risque de chavirer. Maurice s'assit devant le volant après avoir démarré le moteur. L'embarcation décrivit un demi-cercle puis sortit au-dessus du portail qui n'existait plus et ils disparurent vers la rue d'Orléans où ils doublèrent un amas de voitures emmêlées.

— On aura assez d'essence ? demanda Martin.

— Hier, avec Bruno, on a siphonné plusieurs moteurs des bagnoles renversées...

— On va au Monoprix ?

— Hier il n'était pas complètement sous l'eau.

— Tournons dans la rue Victor-Hugo.

— Tournons...

En cinq minutes, après avoir doublé quelques boutiques barricadées ou franchement noyées, ils atteignirent les portes fracassées du Monoprix à l'angle du quai déjà transformé en rivière, ou mieux : en bras de mer. Le quai se fondait à la Touques, seule la toiture du marché aux poissons restait visible. Avec leur canot, ils entrèrent carrément à l'intérieur du magasin pour s'amarrer aux anciens portillons des caisses.

— On va où ?

— Je connais l'endroit, dit Martin. Prends d'abord des sacs en plastique sous les caisses. Ils sont mouillés mais ça ne fait rien.

— Voilà...

Maurice plongea les mains sous la première caisse et en tira un beau paquet de sacs.

— Et maintenant ?

Martin s'extirpa du canot. Il étudia les lieux.

— Par ici ! Il nous faut d'abord de l'eau, qui est rangée en temps normal au fond du magasin.

Ils y allèrent en faisant des vagues contre les étagères des produits de toilette. Au premier carrefour des anciennes allées, ils obliquèrent devant le mur des sodas pour se guider vers leur butin. Il y avait encore des bouteilles d'eau minérale, enveloppées par paquets de six mais sous le niveau de l'eau. Ils en attrapèrent deux paquets chacun pour les caler à l'arrière de leur canot, puis retournèrent chercher des provisions. Maurice saisit deux bouteilles de mauvais whisky en tête de gondole et Martin, qui le devançait au rayon des charcuteries, fit de même avec des jambons et des saucissons sous vide, qu'il fourra dans l'un des sacs plastique.

— Aux voleurs ! cria une voix.

Un vigile en gilet fluo apparut à la sortie d'une allée changée en canal. Maurice se précipita en levant des gerbes d'eau et lui cassa sur la tête l'une de ses bouteilles. Le vigile s'écroula. Martin accourut pour lui tenir la tête sous l'eau. Des soubresauts, des petites bulles d'air montèrent à la surface, puis il y en eut moins, puis plus du tout. Ils abandonnèrent le corps inerte et se ruèrent à l'autre bout du magasin pour regagner leur canot qu'ils détachèrent à la hâte.

— Doit pas y avoir qu'un gardien, grommela Maurice.

— Ils font peut-être des rondes pour préserver leurs articles récupérables.

— Filons !

Maurice remit le moteur en route et ils se retrouvèrent dans cette rue Victor-Hugo qu'ils avaient quittée dix minutes plus tôt.

— On rentre, ordonna Martin.

— Déjà ?

Maurice arrêta le canot à l'angle de la rue de Paris devant une boutique de pizzas à emporter.

— Là, doit y avoir des marchandises…

— On n'a déjà plus de place dans ton canot riquiqui.

— Faut voir…

— Ils ont fermé le rideau de fer !

— Y a une porte, à gauche.

Maurice s'accrocha à la porte, posa un pied dans le torrent qui avait remplacé le trottoir, tourna la clenche et, par miracle, la porte s'ouvrit. Il entra dans la boutique.

Seul à attendre, Martin hésita. S'il faisait demi-tour vers la mairie ? Le bâtiment était élevé et costaud, il devait y avoir une permanence. Il réalisa qu'il ne savait pas piloter le canot. Impossible d'appeler au secours. Il en était là de ses cogitations chahutées lorsque Maurice sortit de la boutique, les bras chargés. Martin tenait le canot contre la façade :

— Qu'est-ce que tu as déniché ?

— J'ai pris du pain en haut des étagères, et des tomates, des anchois, des olives…

Il balança ses victuailles à côté des packs d'eau et enjamba le bastingage pour se rasseoir derrière le volant :

— Tire sur la ficelle qui pend du moteur, pour mettre en marche.

Et Martin apprit à mettre le canot en marche.

À part un vigile qui ne dirait plus rien, ils n'avaient croisé personne dans le bas de Trouville.

26

Mort d'un pourri

Des nuages lourds et noirs se massaient à l'horizon. Déjà, à son image brouillée, on savait que Le Havre était sous la pluie. Le perron de la villa était maintenant recouvert par la marée et nos deux explorateurs purent aisément ranger leur canot dans le vestibule. Les autres, assis sur les marches de l'escalier principal, les attendaient comme leurs sauveurs. Le ravitaillement était pour le moment leur souci majeur, à l'exclusion de tout le reste. De l'eau douce et n'importe quoi à se mettre sous la dent, qu'on n'aurait pas besoin de cuire, voilà ce qui suffisait à peupler leurs rêves. Leurs esprits s'étaient réfugiés dans leurs estomacs. Ils ne pensaient plus à rien, n'imaginaient rien, attendaient un salut hypothétique venu d'on ne savait quel ciel. Ils avaient sauvé des livres pour un principe qui s'éloignait. Ils n'avaient pas la moindre envie de lire. Ils demeuraient en alerte, même quand ils somnolaient. Allison et Isabelle traversèrent le corridor inondé pour aider à décharger le canot et empiler leurs nouvelles victuailles en haut de l'escalier.

— Bruno n'est pas là ? interrogea Maurice.

— Il ronfle, dit Isabelle.

— L'eau est encore montée ? demanda Martin.

— Comme tu vois…

— Et c'est pas près de redescendre.

Pour appuyer cette dernière phrase d'Isabelle, on entendit la pluie battre contre le haut des vitres.

Le premier parvenu au second étage, avec ses deux emballages de six bouteilles d'eau, Maurice chercha son complice, qu'il trouva endormi dans la petite chambre qui avait longtemps été celle de Martin.

Il le secoua :

— Hé ! La marmotte !

— Mmmmm…

— L'heure du p'tit déj, idiot !

— Quoi ? dit Bruno en s'asseyant au bord du matelas.

— J't'ai am'né du scotch.

— Bravo… Donne…

— Ouais, ça t'réveill'ra !

Dans la chambre voisine, pendant ce temps, Allison, Isabelle et Martin amassaient jambons et charcuteries sur la table de leur chambre. Ils ne s'interrompirent que pour écouter le tonnerre.

— Et merde ! Ça retombe, dit Martin.

— Oui, sérieux…

La pluie cinglait la façade.

— Tu as parlé à ce Maurice, dans le canot ?

— Non. Il est à peu près muet.

— Faudrait savoir qui sont ces types…

— Des pas-grand-chose.

— Mais encore ?

— Je n'en ai pas la moindre idée. Des chômeurs peut-être, ou même pas, des glandeurs, des assistés, des demeurés…

Ceux-ci rejoignirent à cet instant la grande chambre.

— Vous disiez quoi, les gosses ? grommela Maurice.

— On parlait de vous, avoua Isabelle.

— Pour en dire des horreurs, je suppose.

— Vous supposez juste.

— Pour moi, reprit Martin, vous êtes des charognards.

— C'est pas des rapaces, ça ?

— Exact. Des oiseaux déplumés qui se nourrissent de carcasses comme vous dévalisez les maisons abandonnées, prêts à tout pour vous satisfaire des dépouilles que les habitants ont laissées derrière eux…

— Faut bien que quelqu'un en profite.

— Manque de chance, dit Allison, vous tombez sur nous.

— On attend que cette flotte arrête de tomber…

— Et en attendant, on peut se distraire, dit enfin Bruno aux yeux encapotés par le sommeil.

— Se distraire ?

Bruno, sans répondre, déboucha la bouteille de whisky ramenée par son comparse et en but une longue gorgée avec satisfaction :

— Aaaah ! Ça réchauffe !

— Tu trouves pas qu'il fait assez chaud ? dit Isabelle.

— T'en veux ?

Bruno lui tendit la bouteille qu'elle prit.

— Ben, tu bois pas ?

— Je bois peu.
— Y'a qu'nous. On dira rien à personne.
— Laisse-moi manger avant.
— Choisis, dit Bruno en montrant d'un geste du bras la table garnie de sachets.
— Ouvre-moi le jambon, si tu veux être utile.
— Si j'veux être utile ? Bien sûr, princesse.
Il déchira le paquet avec ses dents jaunes et sortit une tranche avec les doigts pour la présenter sous le nez d'Isabelle, qui lui dit en soupirant :
— Classe, le service.
Isabelle attrapa la tranche de jambon pour la mettre en entier dans sa bouche et mâcher bruyamment.
— Allez, conclut Maurice, on bouffe !
Il s'assit et se servit pour donner l'exemple. Allison ôta la capsule d'une bouteille d'eau et s'en aspergea.
— T'es folle, toi, dit Maurice, tu gaspilles !
— Arrête, nous avons vingt-quatre bouteilles.
— Ça gaspille quand même.
— Ça rafraîchit et ça lave !
— T'as fini ton jambon, robe rose ? demanda Bruno à Isabelle en lui tenant le poignet.
— Prechque…
— Eh bien finis, et après…
— Après quoi ?
Il la tira contre lui :
— Viens m'donner l'dessert.
— Le dessert ?
— Toi !
— T'es cinglé, gros lard ?

— Sois polie, robe rose.
— Ouais mon gros.
— T'es d'accord ?
Contre toute attente, Isabelle se plia à l'injonction.
— Pas ici.
— Où ?
— Il y a assez de place...
Bruno la tenait toujours et l'attira sur le palier.
— Appuie-toi à la balustrade, lui dit Isabelle.
— Ici ?
— Ici.
Bruno obéit. Isabelle s'agenouilla devant lui, défit la boucle de sa ceinture. L'autre gloussait. Elle s'accrocha des deux mains au pantalon qu'elle baissa d'un coup jusqu'aux chevilles qu'il entravait, se redressa à demi et poussa le gros voyou dans l'escalier.

Surpris, Bruno se retint des deux mains à la rampe. Isabelle se releva et lui lança son talon dans l'estomac. Son agresseur se plia en deux, chercha à se rétablir mais ne le put, bascula, les pieds emmêlés dans sa ceinture et son pantalon en accordéon, alors il se renversa en arrière, les mains battant l'air, puis il se renversa encore et tomba nuque la première sur les marches. On entendit son crâne cogner plusieurs fois. Il glissa en cherchant un appui sans le trouver. Il tomba encore sur une dizaine de marches, heurtant à chaque fois le bois de l'escalier pour atterrir sur le palier du premier devant la porte des toilettes, non sans avoir cogné l'arête du radiateur métallique coincé entre deux bibliothèques dont il fit dégringoler plusieurs rangées de livres sur lui. Il acheva sa course affalé sur le plancher. Il ne bougeait plus. Cinq cents pages lui tombèrent enfin sur la nuque : *Le Bluff technologique* de M. Jacques Ellul.

Attiré par le vacarme de cette chute, Maurice accourut et constata les dégâts :

— Qu'est-ce…

— Il a basculé.

Il gueulait en attrapant Isabelle par le bras.

— Lâche-moi ! hurla-t-elle. Tu me fais mal !

— Et Bruno, il a pas mal ?

— Il n'a plus mal.

Maurice dévala l'escalier en s'appuyant aux rayonnages des murs. En bas, il se pencha sur son complice, le retourna. Bruno avait un filet de sang qui lui coulait des lèvres.

— Il s'est assommé !

— Ou il est mort, après son roulé-boulé…

— Comment il a pu tomber ?

— Il a heurté une pile de livres, ceux-là, rangés contre la balustrade, *Les Origines du christianisme* d'Ernest Renan… compléta Martin sans cacher son air réjoui.

27

« De profundis clamavi ! »

Maurice s'affolait : « Un médecin, vite ! »

Et les autres lui répondaient :

— Comment veux-tu qu'on appelle ? Nos téléphones ont rendu l'âme.

— Vous êtes chez vous, non ? Débrouillez-vous !

— Tu veux qu'on crie à la fenêtre ? Autour, il n'y a personne.

— On peut pas laisser Bruno comme ça !

— A-t-on le choix ? chuchotait Isabelle en se penchant à son tour sur le corps du cochon qui espérait une gâterie en ouvrant sa braguette.

— Aide-moi à le descendre ! glapissait Maurice.

— En bas ? dit Martin en arrivant.

— Dans l'eau ? demandait Allison en regardant le cadavre désarticulé.

— Je vais l'emmener chez le médecin !

— Il faudra en trouver un…

— Je trouverai !

— Mais où ?

— Dans une catastrophe, il y a toujours un toubib !

— Bon vent…

— Toi, tu vas m'accompagner ! dit Maurice à Martin.

— Je ne te servirai à rien.

— Aidez-moi à le transporter !

— Dans l'eau ? répétait Allison avec une mine narquoise.

— Dans mon canot !

— Avec joie, conclut Martin.

Maurice prit le corps sous les bras, Martin et Isabelle s'emparèrent chacun d'une jambe.

— Si on relevait son froc, dit Isabelle. Il serait mieux présentable...

Avec des gestes précis, elle reboutonna le pantalon.

— On s'dépêche ! ordonnait Maurice.

— Cinq minutes...

Isabelle boucla encore la ceinture :

— Nous sommes prêts, capitaine.

— Capitaine !

— Capitaine d'un canot, c'est mieux que rien.

À trois ils soulevèrent le corps inerte et amorcèrent la descente de l'escalier jusqu'au rez-de-chaussée. À mi-chemin ils avançaient dans l'eau. Maurice, qui menait cette procession funèbre, dérapa au bord d'une marche mais ne tomba pas plus bas car Martin et Isabelle tenaient Bruno par les jambes comme un sac de pommes de terre.

— Ah ! j'vous jure ! tempêtait Maurice en massant son dos endolori.

— C'est pas beau, de jurer...

— Ça suffit, gamins ! dit Maurice en se redressant, appuyé à la rampe. Allez, on y va !

Et il reprit son ami sous les bras. Ils traversèrent ainsi le vestibule jusqu'au canot qui les attendait devant les manteaux et imperméables accrochés dans l'entrée. Ils avançaient lentement, prenant garde de ne buter sur aucun obstacle. Ils touchèrent sans encombre à leur but, même si Isabelle se cogna en route contre une table basse où surnageaient des livres en charpie dont Martin regarda les titres :

— Zut et rezut ! pesta-t-il. Mais que fait dans l'entrée la série de M. Taine sur *La France contemporaine*...

— Plus vite ! appelait Maurice. Plus vite !

— Un dernier effort, souffla Martin à Isabelle qui, dans l'eau, souleva une fois de plus le corps avant d'assister Maurice, déjà dans le canot, afin de le basculer sur les coussins de l'embarcation.

— Ça serait mieux si on l'asseyait, jugea Martin.

— Ouais, grinça Maurice.

Ils installèrent Bruno comme un passager normal, mais il glissa sur le côté et Maurice tenta de le rétablir.

— Il n'y a qu'à l'attacher au siège par sa ceinture...

— Facile à dire, râlait Maurice.

— Facile à faire, ajouta Isabelle.

— Eh ben fais-le, l'experte !

Isabelle passa une jambe dans le canot, soutenue par Martin. Elle défit la ceinture de Bruno, la passa dans l'une des barres du siège, la boucla et la serra très fort pour que le corps reste en place.

— Et voilà.

— Maintenant on t'aide à tourner le canot, dit Martin en poussant à lui le bastingage.

Allison arriva avec une bouteille d'eau :

— Pour le vcyage, dit-elle à Maurice.

Une fois que le canot fut disposé la proue vers la sortie, Maurice mit le moteur en marche. Les trois naufragés respirèrent de le voir s'éloigner dans ce qui avait été une allée, vers la rue d'Orléans transformée en torrent. La pluie avait repris, et le vent.

— On ne s'en est pas trop mal tirés, dit Martin.

— On aurait pu profiter du canot, lui rétorqua Allison.

— Il aurait fallu se débarrasser des deux crétins...

Les deux crétins s'éloignaient, le vivant et le mort.

— Tu crois qu'il est vraiment mort, Isabelle ?

— Il le mérite cent fois.

28

Une menace imprévue

Allison avait ouvert les volets et les fenêtres du second étage. Elle regardait tomber une pluie régulière. La chaleur n'avait pas faibli et elle ôta son tee-shirt pour s'éponger le visage et le torse. L'eau qui les entourait avait encore gagné quelques centimètres et elle eut l'impression de flotter dans la mer. Des vagues plus hautes frappaient les murs encore visibles de toutes les maisons environnantes jusqu'à lécher les premiers étages. Elle resta un instant hypnotisée par ce paysage désolant puis cria :

— C'est pas vrai !

— Si, répondit un Martin fataliste, étendu sur leur lit défait.

— Le revoilà !

— De qui tu parles ? dit Martin en s'asseyant.

— Maurice ! Il revient.

— Non ?

— Il arrive vers la villa dans son paquebot !

Martin bondit à la fenêtre : ce n'était pas un mirage. Ce vautour de Maurice, sous une pluie battante, avançait son canot dans l'entrée de leur villa. Martin secoua l'épaule d'Isabelle qui dormait à demi :

— On descend !

Ils dévalèrent les marches jusqu'au perron devant lequel Maurice garait son bateau. Il retira son bonnet de laine et le tordit pour en exprimer l'eau. Les autres l'assaillirent de questions :

— Pourquoi t'es revenu ?

— J'savais pas où aller…

— Où est Bruno ?

— Tu n'as pas trouvé de médecin ?

— Un médecin ? Même si j'en avais trouvé un c'était plus la peine…

— T'as pas osé ?

— Bruno était mort…

— On le savait, le brusqua Isabelle.

— Moi j'y croyais pas. Même ficelé sur son siège, il s'est affaissé…

— Où est-il ?

— Dans l'eau, j'vous dis…

— Il est tombé ?

— Non. J'l'ai passé par-dessus bord…

— Dans la rue ?

— Y a plus de rues…

— Personne ne t'a vu ?

— Personne.

— Où l'as-tu jeté ?

— Au confluent de trois anciennes rues, trois bras de mer, juste devant le tabac, dans les remous où les vagues se cognaient…

— Son corps ne flottait pas ?

— Il a coulé à pic…

— Mais il peut remonter !

— Eh ben qu'y r'monte…

— Vous étiez amis, on va te rechercher.

— Amis ? Pas trop. C'était une rencontre de hasard.

— Et tu n'as rien inventé de mieux que de revenir chez nous !

— J'ai nulle part où aller…

— Merci ! Joli cadeau !

— Et pis j'ai vu des tas d'embarcations, en ville.

— Après la noyade ?

— Après…

— Elles allaient où, tes embarcations ?

— Par ici. Avec mon moteur j'les ai devancées…

29

Sinistres sinistrés

Ils guettaient le moindre bruit insolite. Ils n'entendaient pas le battement des vagues qui éclataient sur les bâtiments, ni la pluie qui grêlait. Maurice leur expliquait comment une foule de gens éperdus attaquait les étages épargnés des maisons. Ils lançaient des grappins vers les balcons, se hissaient ensuite contre les façades pour se nicher au plus près des toitures d'ardoise. Les trois auditeurs du témoin redoutaient cette horde brouillonne et sans chef qu'animait seul un instinct de survie. Chacun pour soi, voilà la règle. Ils ressemblaient à des pirates et montaient à l'abordage des maisons vides laissées la plupart du temps aux araignées dans une station balnéaire surpeuplée en été et les week-ends. L'effrayant récit de Maurice attestait que dans des situations exceptionnelles, les innocents apeurés redevenaient sauvages, donc dangereux.

Soudain, ils aperçurent une barque.

Assis ou debout, les piètres marins maniaient la rame; ils s'arrêtèrent devant la villa qui trônait rue d'Orléans, à l'angle de la rue des Jardins, juste en face de l'impasse. Elle avait été récemment ravalée, toute proprette, et il y avait des géraniums au balcon. Les frondaisons des trois arbres de la cour dépassaient à peine de l'eau et les nombreux occupants de la barque naviguèrent entre les branches avant de buter contre les murs. À la force des bras, des costauds se hissèrent sur le balcon après avoir enjambé la balustre, puis cassèrent une vitre, ouvrirent la double-fenêtre sans volets et pénétrèrent dans la maison. Ils en ressortirent presque aussitôt pour aider les autres à grimper à leur tour en leur tendant la main. La barque bondée se vida en quelques minutes. Ils n'avaient pas eu le temps d'emporter des bagages et s'apprêtaient à vivre de ce qu'ils trouveraient.

— Ils ne trouveront rien, jugea Martin.

— On dirait que tu connais cette villa, dit Allison.

— Les propriétaires n'y séjournent que deux semaines par an…

— Les fleurs du balcon ont l'air bien entretenues, observa Isabelle.

— Un employé vient souvent s'occuper de leurs plantations. En automne, les arbres qui ont disparu sous l'eau de mer, ils les taillent à ras pour le printemps suivant.

— S'ils en profitent aussi peu, ça doit quand même leur coûter du fric…

— Du fric ils en ont.

— Ils ont hérité ?

— Tu ne peux pas mieux dire, Isabelle. On répète dans le village qu'ils ont touché leur part dans l'héritage de Picasso.

— Tu en es sûr ?

— Non, c'est ce qu'on raconte.

Là-bas, ils constataient de leurs yeux un embouteillage d'embarcations hétéroclites, d'autres barques, des canots pneumatiques, un hors-bord, des radeaux branlants, des voiliers sans voile équipés de rames...

Cette cohue progressait en désordre jusqu'à l'entrée de l'impasse.

— D'où sortent-ils ?

— L'eau les a chassés de chez eux...

— Ces derniers jours on n'a vu personne.

— L'eau n'avait envahi que les caves...

— D'accord ! La marée les a refoulés dans les terres.

— Faudra leur demander, dit Maurice. Ils vont arriver bientôt jusqu'ici...

La pagaille des embarcations se diluait en effet dans les rues adjacentes et vers les deux grosses villas qui ouvraient leur impasse.

Les embarcations touchaient aux étages des villas massives dont les persiennes étaient restées entrebâillées. Armés pour certains de crochets, ces navigateurs forcés s'introduisaient avec agilité à l'intérieur des salons déserts et, par les fenêtres grandes ouvertes malgré la pluie, hissaient les plus faibles et leurs minces bagages. D'autres barques voguaient maintenant le long de l'impasse, déchargeant les rescapés de l'inondation devant chaque maison, forçant les portes d'entrée au-dessus des perrons noyés et se répandant aux étages encore intacts. À la faveur de cette cohue, un esquif se renversa en projetant son équipage malhabile dans les vagues. Des mains se tendirent pour sauver ceux qui parvenaient à s'agripper, d'autres disparurent sous les flots sans qu'on pût les en tirer.

Une pirogue vint se ranger contre la maison voisine, cette villa partagée en appartements qui ressemblait à un immeuble en brique, pour y déverser une nouvelle population. Un voilier démâté arriva à la godille devant la villa qu'occupaient jadis les Portallier. Les rescapés, grâce à des cordages lancés comme des lassos, s'attachèrent au frêne de l'entrée dont les dernières branches touchaient au premier étage. Penchés à leur fenêtre, Martin et les autres virent une troupe d'enfants apeurés que guidaient des personnes plus âgées, hommes et femmes mêlés, lesquels se soutenaient mutuellement car ils n'avaient guère le pied marin. D'où venaient-ils, ceux-là, qu'il fallait bien héberger puisqu'ils arrivaient en nombre et par force ? Dans le vestibule, ce voilier sans voile et mal attaché heurta le canot de Maurice en cabossant son moteur.

Ils étaient au moins vingt dans cette coque de voilier. Maurice était descendu le premier, moins pour les accueillir que pour préserver son canot d'un possible carambolage. Il ne sut pas éviter le choc et se lamentait, prêt à insulter les intrus, quand Isabelle et Martin dégringolèrent les escaliers.

— Venez par ici ! ordonna Martin.

— Montez ! ajouta Isabelle.

Elle aidait les gosses, de l'eau jusqu'à la taille, à rejoindre les escaliers. Elle avait laissé retomber sa robe rose pour tenir deux enfants jusqu'aux marches où elle les poussa. Allison arriva à ce moment pour les piloter au premier étage où elle les fit entrer dans la chambre encombrée des grands-parents. Il y eut bientôt six gamins assis au bord du lit, pleurant et reniflant jusqu'à ce que les adultes parviennent à leur tour dans la pièce. Ce devaient être leurs grands-parents chez qui ils achevaient leurs vacances d'été, prisonniers de la pluie et du vent qu'ils entendaient souffler au-dehors. D'autres peinaient à monter et se tenaient des deux mains à la rampe. Un vieillard grimpa les marches une à une, soutenu par Maurice qui n'aurait jamais imaginé devenir infirmier bénévole. Il avait passé à son bras disponible des sacs en cuir ou en toile récupérés dans la coque.

Les vieux respiraient fort.

Les enfants braillaient.

Martin enrageait :

— Silence ! Taisez-vous cinq minutes !

— Ça ne sert à rien de piailler ! gronda Allison.

Ils se regardèrent tous, essoufflés et sans voix. Vieux et jeunes étaient à moitié couchés sur le lit. Les vieux récupéraient après leur équipée, les jeunes se relevaient, marchaient dans la pièce, bousculaient des piles de livres qui s'effondraient, marchaient dessus…

— Faites attention, au moins ! cria Martin sans force.

— Attention, les enfants ! reprit un vieux monsieur. Nous ne sommes pas chez nous !

— J'allais le dire ! lança Isabelle.

— Excusez-les, mademoiselle, ils sont un peu turbulents.

— Je le vois.

— Nous avons passé la nuit dans ce voilier sans voile, ils ont besoin de se dégourdir les jambes…

— Ce n'est pas l'endroit idéal...

— Hélas ! Léo, arrête de courir ! Samantha, repose ce livre !

— D'où venez-vous ?

— De notre maison de la côte. Il a fallu la quitter quand l'eau l'a envahie.

— Vous avez de la chance d'avoir déniché un bateau.

— Nous habitons près de l'école de voile, sur la jetée, après les Roches Noires…

— Madame ?

— Gabrielle. Ce sont nos petits-enfants que nous gardions…

— Il n'y a plus qu'à vous installer, dit Martin.

— J'espère que ça ne durera pas... poursuivit la vieille dame.

— Nous aussi, lui répondit Martin.

30

L'installation

Martin assista au saccage de sa maison de famille car il ne put inventer une autre solution. Il vécut l'intrusion d'une horde de Huns dans une villa gallo-romaine, parce qu'il s'agissait bien de cela. Le matelas du grand lit rejoignit le parquet pour multiplier les couchages. Des livres en piles égales servirent aux enfants qui allaient dormir sur l'*Histoire des Girondins* de Lamartine. On mobilisa tous les coussins, le divan du bureau, le fauteuil, les chaises de bistrot, tout ce qui pouvait s'aménager en lit. Il fallait mettre à l'abri six enfants et cinq personnes âgées, le moins mal possible. Ces naufragés avaient tout de même eu le temps d'emporter quelques provisions qu'on remisa au premier étage.

Maurice décida de s'installer dans son canot, à la fois pour le réparer et pour le surveiller. À la tombée d'un jour gris, Isabelle apporta aux nouveaux venus un paquet de bougies et un briquet, mais ils dormaient déjà, épuisés par leur dernière aventure. Elle laissa son cadeau en évidence sur la chaise rempaillée, au pied du lit, où reposait une lampe de chevet inutile.

Au deuxième étage, Martin, Isabelle et Allison dormirent mal. Allison remuait beaucoup, jetant une jambe sur celles de ses amis, se tournant, se retournant, rêvant à voix haute mais incompréhensible. Isabelle aussi rêvait, mais aux escales imaginaires qu'elle s'offrait, à l'orée d'une jungle ou d'un désert, devant une piscine bleue, sous des palmiers qu'une brise agitait ; elle rêvait d'un poulet au citron à Meknès ou d'une soupe parfumée au bord du Mékong. Martin, lui, se voyait encore résister aux Huns, ces petits bonshommes qui se scarifiaient le museau et s'emmitouflaient dans des manteaux en peau de rat.

Une musique de bastringue les réveilla. D'où venait-elle ? À quoi rimait cette fanfare ? Ils s'habillèrent un minimum pour faire bonne figure devant ces nouveaux invités qui s'étaient imposés. En descendant de leur étage, ils entendirent les criailleries des enfants qui se disputaient. Ils devaient avoir faim, ou soif, et se chamaillaient en piochant dans leurs pauvres provisions sauvées des eaux. Martin et ses deux compagnes avaient eux aussi la bouche sèche et la gorgée d'eau qu'ils s'étaient autorisée ne suffisait pas. Sur le palier du premier étage ils manquèrent marcher sur une vieille dame et son mari, dans les bras l'un de l'autre, enfoncés dans des coussins, puis ils entrèrent dans la chambre en chaos. Les trois gamins se couraient après, entre les piles de livres renversées, ou bien les repoussaient du pied, piétinaient des reliures péniblement tirées des eaux. La vieille Gabrielle tenait contre elle un petit transistor qui hurlait en grésillant.

— Quelle heure est-il ? demanda Isabelle.

— Sept heures, dit la vieille dame en consultant sa montre-bracelet avec laquelle elle avait dormi.

— Du matin ?

— Bien sûr...

En fait, rien n'était sûr parce que le ciel était sombre et qu'il n'avait pas cessé de pleuvoir.

— Un peu de silence, les enfants ! cria un très vieux monsieur qui s'était assoupi en tenant sa canne.

Les enfants continuaient leur sarabande. Ils étaient remuants, certes, puisqu'ils avaient besoin de bouger pour s'apercevoir qu'ils existaient.

Martin prit le transistor des mains de sa propriétaire :

— Pardonnez-nous, mais nous n'avions pas entendu d'informations depuis trois jours...

— Mettez sur « grandes ondes », ici, précisa Gabrielle.

Martin lui obéit. Il entendit aussitôt le jingle de France Inter : « Et maintenant, voici la météo dont nous sommes tous friands... »

— Tourne donc le bouton ! dit Isabelle. Essaie de supprimer ce bruit de parasites...

Et ils écoutèrent la météo. Ils eurent la confirmation qu'à Paris, les arrondissements proches de la Seine étaient sous l'eau et que l'on avait posé des passerelles de planches le long des rives, comme à Venise pendant l'acqua alta ; que le ravitaillement devenait difficile à acheminer jusqu'à la capitale ; que Lyon, Marseille et Montpellier étaient inondés.

— Et nous, en Normandie ! protesta Allison.

— Attends...

« La mer continue de monter sur les côtes de l'Ouest. La plupart des stations balnéaires se trouvent désormais sous les eaux et d'innombrables maisons ont dû être évacuées... Les secours ne parviennent pas à assurer les sauvetages nécessaires... On dénombre trente-deux morts à Calais, à peu près autant à Brest et au Havre... »

— Et chez nous ? ronchonnait Allison.

« Les clients du Grand Hôtel de Cabourg ont été regroupés aux derniers étages où des pompiers doivent venir les chercher... »

— On se tait, les mioches ! Ils vont parler de nous, tenta d'expliquer Isabelle aux jeunes casse-pieds qui lui répliquèrent :

— On a faim !

— Moi aussi j'ai faim ! Et je ne pleurniche pas !

— Léo ! cria Allison.

— Qu'est-ce qu'il a encore fait ?

— Il pisse sur le parquet devant le *Décaméron !*

— Petit cochon ! rouspéta Martin en ramassant le livre.

Il alla vers l'enfant qu'il gifla.

— Vous n'avez pas honte ? s'indigna sa grand-mère Gabrielle.

— Je n'ai pas honte, nous ne pouvons pas nous laisser aller.

— Vous avez une solution à nous proposer ?

— Il y a des seaux à chaque étage, apprenez à vos garnements à s'en servir en cas de besoin.

— Et après, on les vide où ?

— Dehors !

— Eh bien cela sera vite dégoûtant dehors…

— M'en fous !

— Il faut s'organiser, convint Isabelle.

— Regroupons tout le monde dans cette chambre et avisons. D'abord, distribuer les rations d'eau et de nourriture qui nous restent. Ensuite, que les enfants vident les seaux dans ce qui fut un jardin pour préserver un minimum de propreté à l'intérieur en attendant l'arrivée des secours.

— Vous y croyez encore ?

— Oui. Il y a plein de réfugiés dans cette impasse. Il devient impossible de nous oublier.

— Vivons d'espoir…

Martin remonta au deuxième étage avec en main le livre de Boccace sauvé des éclaboussures de Léo. Il l'ouvrit. Le livre commençait par le récit de la peste qui avait fondu sur Florence.

Il lut : « Que la peste fût l'œuvre des influences astrales ou le résultat de nos iniquités, et que Dieu, dans sa juste colère, l'eût précipitée sur les hommes en punition de nos crimes ; toujours est-il qu'elle s'était déclarée, quelques années avant, dans les pays d'Orient, où elle avait entraîné la perte d'une quantité innombrable de vies humaines. Puis, sans arrêt, gagnant de proche en proche, elle s'était pour nos malheurs propagée vers l'Occident… N'importe qui avait donc licence d'agir au gré de son caprice… Ils n'avaient plus souci que d'eux-mêmes, et beaucoup d'hommes et de femmes abandonnaient leur ville, leurs parents, leurs biens meubles et immeubles, partant pour des provinces voisines ou, du moins, pour les environs de Florence. » Il y avait ainsi huit ou dix pages pour décrire les effets d'une catastrophe. Ce n'était point la peste dont souffraient Trouville et les côtes, mais la montée imparable des eaux, que Martin mit au même plan à cause de ses effets chaotiques sur la société policée qu'il avait naguère fréquentée.

Allison l'interrompit :

— Viens vite, Martin, en bas ils se disputent.

— Quoi encore ?

— Je crois que c'est à cause de Maurice…

— Quelle poisse, celui-là !

— J'ai reconnu sa voix.

— Il se dispute avec qui ? Les vieux qu'on a recueillis ?

— J'en sais rien mais c'est assez violent !

— Isabelle est allée voir ?

— Oui, mais pour que Maurice s'explique, on a besoin d'être tous ensemble…

Martin referma le *Décaméron* et suivit Allison au rez-de-chaussée inondé où clapotaient des vagues.

31

Ce fourbe de Maurice

Au bord de la marée qui se prolongeait à l'intérieur de la villa, le petit Mathias, un blondinet angélique, tendait un doigt vengeur en direction de Maurice, très affairé dans le refuge de son canot. Il essayait de remettre en état son moteur et refusait d'écouter le marmot. Descendus de leur étage, Allison et Martin durent intervenir :

— C'est quoi, ces braillements ? dit Allison.

— Qu'as-tu donc fait ? dit Martin à Maurice qui avait enfoncé son bonnet jusqu'aux yeux.

— Ce mioche me fatigue !

— Il a volé mon papy ! hurlait celui-ci.

— Explique-toi, dit Allison en prenant le petit Mathias par les épaules.

— Quand il faisait nuit, il a volé des provisions sous la couverture !

— C'est vrai, Maurice ?

— Oui, c'est vrai ! Son grand-père n'avait pas besoin de deux saucissons ! Il n'a plus de dents !

— Ce n'est pas une raison ! Tu dois partager avec tout le monde !

— Pas envie. D'abord, les vieux ça mange que des biscottes !

— Imbécile !

Et Martin avança dans l'eau de mer jusqu'au canot pour empoigner Maurice par le revers de son caban :

— Si tu partais pour de bon, on se sentirait mieux.

— J'y pensais, figure-toi. Le temps de remettre en marche ce fichu moteur.

— Tu as encore de l'essence ?

— Suffisamment pour m'éloigner.

— Si ça pouvait être vrai ! soupira Allison.

Entre-temps, Isabelle fouillait dans le canot.

Elle retira de sous les couvertures des bocaux de conserves :

— Et ça ? Tu l'as piqué à qui, hein ?

— C'est mes affaires !

— *Nos* affaires, mon bonhomme !

— Aidez-moi à retourner mon canot et vous ne me reverrez plus !

— Aidons-le et qu'il nous débarrasse de sa présence, ce nuisible ! appuya Martin.

Tandis que le petit Mathias pleurait sur les marches, nos amis aidèrent Maurice à tourner le canot vers la sortie que bouchait à moitié le voilier des nouveaux arrivants, ce dont ils se seraient bien passés. Maurice se réinstalla derrière le volant, mit son moteur en route et eut une dernière parole désagréable :

— Le mur de la grande pièce, vous avez vu ?

— Que faut-il voir ?

— Il y a une fissure entre les deux fenêtres.

— Et alors ?

— Alors le mur va s'écrouler demain ou après-demain !

— Merci !

Et Martin poussa le canot qui démarra.

Avant de tourner vers la rue d'Orléans et l'embarras de bateaux qui obstruaient encore l'entrée de l'impasse, Maurice leur jeta :

— Moi, j'ai pas envie de la prendre sur la figure, votre sale baraque !

Et il partit. Martin traversa la grande pièce, de l'eau jusqu'à la taille, pour se pencher à l'une des fenêtres. Maurice partait, il s'en assura, et à l'occasion regarda de près la faille sur le mur. Le papier peint s'était décollé, du plâtre était tombé, et la fente qui zébrait le mur devenait inquiétante.

Là-bas, Martin vit le canot de Maurice empêtré dans le bouchon que formaient les autres bateaux laissés à la dérive ; il les poussait du pied pour se ménager un passage. Il y était presque parvenu quand deux gros zodiacs venus du centre-ville le rencontrèrent. Il vit Maurice se redresser pour parler à leurs occupants, quatre ou cinq types correctement habillés, avec des parapluies et tout un fourbi caché sous des bâches imperméables. Leur palabre semblait s'éterniser. Maurice faisait des grands gestes pour leur montrer la villa d'où il sortait. Quelles sornettes devait-il leur débiter ? Les autres semblaient écouter patiemment, puis ils l'aidèrent à se ménager un passage, et Martin vit ce fourbe de Maurice prendre la poudre d'escampette. Les deux zodiacs, l'un après l'autre, se frayèrent un chemin entre les épaves délaissées par les autres naufragés, qui étaient sortis aux fenêtres des étages. Les équipages des zodiacs suivirent les indications qu'avait dû leur donner Maurice, et cinq minutes plus tard ils stationnaient devant la villa.

Un grand brun à la barbe taillée prit un porte-voix :

— Ohé ! Ohé !

— Qu'est-ce que vous voulez ? lui répondit Martin.

— Entrer chez vous si c'est possible...

— Vous êtes les secouristes ? demanda Isabelle qui avait rejoint Martin à la fenêtre, la robe remontée jusqu'aux reins.

— Non non.

— Alors qui êtes-vous ?

— La télévision.

32

Reportage sur le vif

Sous son parapluie, l'impeccable grand barbu à la barbe taillée court se tenait debout à l'avant de son zodiac. Il se présenta à Martin, planté dans les vagues remuantes de son entrée :

— Jean-Louis Martinelli, de France-Télé.

— Martin Portallier, et voici Isabelle Watson…

— Vous avez été choisis par ma chaîne…

— Et pourquoi ?

— Le monsieur que nous avons croisé, il y a un instant, nous a précisé que votre villa hébergeait des enfants et des gens âgés…

— Exact, mais nous ne devons pas être les seuls.

— Peut-être, mais nous sommes là !

Il regarda vers la colline :

— Le décor s'y prête.

— Vous cherchez un décor ?

— Entre autres choses.

— Si vous filmez le malheur, il vous faut de belles images, c'est ça ?

— Un peu, oui. Pourrait-on entrer ?

— Si vous voulez.

Martinelli descendit de son canot pneumatique en donnant des ordres à son équipe :

— Déchargez le matériel et posez-le ici, dans cet escalier que l'eau n'a pas encore envahi.

— De toute façon, nos pensionnaires provisoires sont à l'étage...

— Parfait. Michel, tu me filmes montant à l'étage.

— C'est bon !

Martinelli suivit Martin et Isabelle dans l'escalier principal pendant que ses équipiers, tous chaussés de hautes bottes, déménageaient leurs engins.

— Je pense que vous n'avez plus d'électricité ? affirma l'homme de la télé.

— Vous pensez vrai...

— Pamela, tu montes avec ma trousse.

— J'arrive, dit la maquilleuse.

Il expliqua ensuite ce qu'il voulait à Isabelle et Martin que venait de rejoindre Allison :

— Vous avez dû voir l'émission vedette de France-Télé, *L'actualité se déchaîne* ?

— Non, répliqua Martin.

— Nous regardons rarement la télé, ajouta Allison.

— Eh bien, ce sont des reportages sur le vif...

— En direct ?

— Non non, il y a un temps de montage en studio.

— Pour paraître plus spectaculaire ?

— Pas précisément, mais pour tomber juste, pour donner une vision plus réelle de la réalité...

Le petit Mathias leur passa en courant entre les jambes, suivi par l'ingénieur du son, furibard :

— Attrapez-moi ce môme !

— Trop tard ! dit Martin. Il vient de s'enfermer dans le bureau.

— Il a piqué mes écouteurs !

— À cet âge, on est joueur, s'amusait Martin.

— Sans mes écouteurs, je peux rien faire, moi !

— On va arranger ça, Raymond, dit Jean-Louis Martinelli en appelant sa maquilleuse :

— Pamela, fais une retouche. Je viens de voir dans une glace que j'ai le nez qui brille !

— Ça va, j'arrive, grommela Pamela d'un ton désabusé.

Martinelli expliqua ce qu'il recherchait :

— D'abord, présentez-moi à vos réfugiés, que je leur détaille nos souhaits.

— Ils sont tous dans ces deux pièces…

Le présentateur entra en souriant dans la chambre.

— Bonjour ! lança-t-il.

— Oh ! dit la vieille Gabrielle en donnant un coup de coude à son mari. Regarde qui vient nous voir !

— Madame…

— Vous êtes ce Jean-Louis Martinelli ?

— En effet, Madame.

— Le vrai ?

— Eh bien oui…

— Mon mari et moi nous vous regardons tous les vendredis soir.

— La prochaine fois, vous pourrez vous y voir vous-mêmes ! Vous êtes en train de participer à *L'actualité se déchaîne* !

— C'est bien vrai ?

— Absolument.

L'équipe de techniciens se pressa derrière son patron. La maquilleuse poudra Gabrielle qui se prit pour une vedette le temps d'installer la caméra et les lumières apportées exprès, reliées par un câble au deuxième canot. L'ingénieur du son avait récupéré ses écouteurs. Tous étaient prêts quand Martinelli commença son laïus :

— Chers amis, bonsoir !

— Il le dit bien, dit Gabrielle à son mari.

— Excusez-moi, Madame, reprit Martinelli, je vous demanderai simplement de ne pas m'interrompre. Silence ! On recommence…

— Envoie ton texte, dit le preneur de son.

— Mes chers amis, bonsoir ! Nous sommes aujourd'hui à Trouville-sur-Mer, ou pour être plus exact, à Trouville *sous* la mer ! La côte a en effet disparu sous les vagues. Surpris par ce phénomène jamais vu, les habitants se sont tous réfugiés aux étages des maisons les plus hautes, comme ici, où je vais interroger quelques-uns de ces naufragés d'un genre nouveau... On coupe !

— Déjà ? demanda Gabrielle.

— Rassurez-vous, Madame, nous revenons à vous…

— Et ça passera vendredi prochain ?

— Sans doute, Madame, oui…

Martinelli demanda ensuite à rencontrer le propriétaire et Martin se fit connaître :

— C'est moi.

— Cette villa vous appartient ?

— À mes grands-parents, oui.

— Je vois. Et ils sont absents ?

— Nous gardons la maison pendant qu'ils sont en voyage.

— Très bien, très bien… Et vous avez accueilli vos voisins plus menacés…

— Ils sont venus tout seuls. Je ne les ai pas invités.

— C'est pareil, puisqu'ils sont là. Je vous poserai aussi quelques questions...

— Si je peux y répondre...

— Sûrement !

— Allez-y.

— Que pensez-vous de cette très grande marée ?

— Je n'en pense rien, je la subis.

— Oui oui... Coupez !

— Quoi encore ? J'ai mal répondu ?

— J'aimerais que vous évoquiez le réchauffement climatique, par exemple…

— Je n'y connais rien.

— Mais vous en constatez les conséquences…

— Je m'en fous.

— Non, vous ne pourrez pas dire ça à l'antenne.

Martinelli avisa Allison derrière Martin :

— Et vous, Mademoiselle ?

— Moi quoi ?

— Vous sentez-vous un peu responsable de cette dramatique situation ?

— Pas du tout. Et pourquoi je serais responsable ?

— Vous mangez de la viande ?

— Bien sûr. On a même mangé un super rôti de bœuf avec ses grands-parents.

— Eh oui ! Nous mangeons trop de viande, et cela envoie du carbone dans l'atmosphère !

— Ce bœuf était délicieux, reprit Allison.

— Je n'en doute pas, mais voyez les effets.

— Vous n'en faites pas un peu trop ? le coupa Martin.

— C'est mon sujet !

— Vous feriez mieux d'intervenir pour réclamer des secours.

— Après, dès que nous repartirons.

— Promis ?

— Promis, si vous êtes sages d'ici là.

— Sages comme des images !

— Justement ! Nous allons d'abord filmer votre installation.

— Faites comme chez vous !

Martin comprit soudain l'expression « sage comme une image ». Parce que les images ne parlent pas. On est obligé de les accompagner d'un commentaire. Les images seules ne disent rien. Voilà pourquoi Martinelli mettait en boîte un flot d'images des rescapés qui en elles-mêmes ne signifiaient rien d'autre que le dénuement et un malheur des plus abstraits.

33

La tempête

Le journaliste renommé et ses techniciens, qui flanquèrent le bazar dans la villa, restèrent moins de deux heures. Martinelli était bougon. Il sentait que son reportage était manqué. Les victimes qu'il avait choisies n'étaient pas présentables à son goût, ne correspondaient pas du tout au titre de son émission, *Les précaires de la côte :* comment plaindre ces gens qui se comportaient comme des figurants et du coup n'étaient pas crédibles ? Les rescapés les plus âgés, dont certains étaient pourtant invalides, ne se montraient pas défaits ni terrorisés comme ils auraient dû l'être, mais au contraire ravis d'être filmés, et ils cabotinaient, ils minaudaient, oubliaient leur détresse, ne se souciant que de leur image. Même les enfants ne jouaient pas le jeu, ils posaient au lieu de pleurer. L'équipe, dépitée, remballa son matériel et chargea ses zodiacs au moment où la pluie redoublait, gâchant les vues d'ensemble de la colline qu'ils avaient prévu de mettre en boîte pour renforcer le climat. Les objectifs étaient mouillés. Les images brouillées.

— Hé ! les héla Martin, vous aviez promis de nous laisser des provisions !

Ils leur abandonnèrent une bonbonne d'eau, une cannette de soda, des pains ramollis par la pluie et détachèrent les embarcations.

— N'oubliez pas de nous envoyer les sauveteurs !

— Promis, dit le présentateur vedette d'un ton négligent, avant de déguerpir.

Le vacarme de leurs moteurs fut supplanté par celui du tonnerre qui suivit de près un éclair menaçant.

La mer montait encore, alimentée par le déluge. En transportant la bonbonne d'eau potable à l'étage, Martin jeta un œil à la pièce du bas et constata que la faille s'agrandissait sur le mur. Que faire ? Rien. Poussée par des vents tourbillonnants, l'eau rentrait dans la grande pièce. Tant pis. À l'étage, les enfants pleuraient et les vieux se lamentaient : ils ressemblaient enfin aux naufragés que la télévision avait souhaités.

— Je vous apporte à boire, dit-il avant de retrouver Allison et Isabelle au-dessus.

Dans leur chambre en pagaille, il ramassa sur le sol la bouteille de whisky entamée la veille par Bruno, qu'il avait laissée tomber avant de basculer dans l'escalier. Il l'ouvrit, en but une sérieuse rasade et regagna leur antre illuminée par des éclairs. Le tonnerre tout proche gronda encore. Il se traîna jusqu'au lit où ses deux amies se tenaient dans les bras l'une de l'autre. Martin se joignit à elles pour écouter le tintamarre de l'averse et de la grêle.

Combien de temps restèrent-ils comme ça, sans bouger, sans parler ? Ils n'auraient pu le dire. Une éternité. L'orage faiblit pourtant. Le tonnerre devait maintenant tomber au-dessus de Deauville. Ils entendaient les cris des gamins qui trottaient sur le parquet du dessous, la voix aiguë de Gabrielle, les plaintes des plus âgés...

— Laisse-m'en une gorgée ! dit Isabelle en attrapant la bouteille que Martin n'avait pas terminée.

Elle aussi but au goulot et n'en laissa pas une goutte pour Allison qui en trembla de colère.

— Alli... dit Martin pour la soutenir, ce n'est pas le moment de faiblir...

Il la prit par les épaules et la serrait contre lui quand il sentit qu'Isabelle descendait la fermeture Éclair de ses jeans pour promener sa langue au bas de son ventre. La bouche d'Isabelle se referma bientôt sur lui, montait et descendait, sa langue tournoyait. Avec fébrilité, Allison balança ses derniers vêtements sur le parquet. Basculant sur un coude, Martin s'allongea et Allison se mit à quatre pattes au-dessus de son visage ; elle respirait fort et ses doigts de pieds gigotaient d'impatience contre le drap. Il la tint par les chevilles pour bien s'amarrer puis, dressant un peu la tête, il s'abreuva dans son entrecuisse. Isabelle posa ses genoux de part et d'autre des hanches du jeune homme en retirant sa robe froissée ; de sa main droite elle s'ajusta à lui avant de tanguer du bassin, l'enserrant dans d'autres lèvres pour reprendre son mouvement de va-et-vient avec plus de rapidité, et, sans s'arrêter, elle se pencha vers Allison qui lui faisait face et gémissait par à-coups, leurs bouches se touchèrent, se léchèrent, se mêlèrent avec une infinie douceur.

Ils n'entendirent même pas le grondement qui venait du dehors et couvrait le bruit de la pluie, ni les hurlements des rescapés de leur impasse qui s'étaient crus à l'abri lorsqu'une énorme vague de boue avait surgi de la corniche pour déferler en brisant des baies vitrées, frappant des murs qui s'ouvraient sous la poussée, éboulant des villas étagées sur le versant ouest de la colline. Le flot marron de détritus et d'arbres déracinés parvint en peu de temps jusqu'aux habitations d'en bas, les dévasta, les brisa, rencontra dans un choc l'eau de la mer qui venait en sens contraire. Les maisons en brique s'écroulaient dans le tumulte.

Martin poussa un cri.

34

Cauchemar

Martin poussa un cri qui le réveilla. Il s'assit brusquement dans son lit dont il avait rejeté les draps. Il ne savait plus où il était, et puis il réalisa qu'il avait dormi dans sa chambre, à Paris, en balayant du regard cet environnement familier même dans la pénombre, sa table de nuit, sa lampe de chevet en bois, son cendrier publicitaire chipé dans un bistrot, où il déposait sa monnaie. Il restait étourdi. Sa tête tournait. Il se palpa le front, pensa qu'il avait une sacrée fièvre.

— Que t'arrive-t-il, mon pauvre ami ? dit une voix qu'il reconnut aussitôt.

C'était Dorothée, sa jeune belle-mère, enroulée dans un kimono multicolore. Elle aussi avait posé une main sur son front.

— J'ai la fièvre, bredouilla-t-il.

— Mais non, juste un coup de chaleur ou un mauvais rêve…

— Un mauvais rêve, oui, un mauvais rêve, Isabelle.

— Je m'appelle Dorothée ! Debout, feignasse ! Tes amis t'attendent.

— Mes amis ?

— Ils venaient te chercher, tu ne répondais pas, alors ils sont descendus à notre étage, ils ont sonné à la porte de l'appartement. J'ai ouvert parce que ton père était déjà parti, j'ai pris mon double de tes clefs pour leur ouvrir ta porte. Ils t'attendent dans la pièce à côté.

Depuis plus d'un an, pour être plus libre, Martin avait emménagé au sixième étage de l'immeuble où ses parents vivaient au quatrième. Il avait comme garçonnière ces deux pièces où il menait sa vie sans comptes à rendre et sans vrais horaires, mais, finaude, Dorothée conservait un double de sa clef.

Chez Martin elle était chez elle. D'un geste, elle ouvrit les rideaux pour laisser entrer le soleil du matin, déjà bien installé. Ébloui par la violence du jour, Martin plissa les yeux en râlant :

— Calme… bredouilla-t-il à sa belle-mère qui ne l'écoutait pas.

— Allez ! Debout ! Tes amis t'attendent !

— Qui ?

— Je leur ai ouvert parce que je les avais déjà vus.

— Mais qui ?

— Allison et Victor.

— Ce n'est pas possible…

— Vous aviez rendez-vous.

— Avec moi ?

— Pas avec moi, en tout cas ! Debout, l'amnésique !

Martin se leva à demi, posa un pied sur le tapis. Dorothée lui tendit le pantalon plié sur le dossier d'une chaise :

— Mets ça et file voir tes amis.

Martin passa les doigts dans son épaisse chevelure brune, puis il obéit sans un mot. Elle lui dit alors :

— Tu m'as appelée Isabelle. Qui est-ce ?
— Je sais pas... Un rêve...
— Menteur !
— Comme si tu ne mentais jamais, toi...
— Je ne mens qu'à ton père.
— Je sais.
— Quand il veut m'emmener dîner chez ses clients, ça m'ennuie trop. Je lui dis que j'ai mal au crâne...
— Et tu me rejoins dès qu'il est parti.
— Ça te déplaît, hypocrite ?
— Non.
— Allez ! Ils t'attendent pour partir en Normandie. Ça non plus je ne le dirai pas à ton père. Il serait furieux que vous alliez chez tes grands-parents, avec qui il s'est disputé.
— Par sa faute !
— Va-t'en, filou !
Martin alla retrouver ses amis dans la chambre voisine. Il s'agissait bien d'Allison et de Victor qu'il avait cru mort. Mais non. Ils étaient bien là, avec leurs blousons et leurs sacs à dos.
— Vous ? dit Martin en se frottant les yeux.
— Nous ! dit Victor. Ça t'étonne ?
— Mais tu ne sais pas...
— Je ne sais pas quoi ? Je sais que tu es mal réveillé, c'est tout. Nous devons partir. Il est déjà dix heures.
— Partir ?
— À Trouville, reprit Allison. Tu nous avais dit que tes grands-parents nous prêtaient leur villa.
— Ah oui... Vous voulez y aller ?
Dorothée quitta la chambre en les prévenant :
— Il a fait un cauchemar.

— Il a mal choisi son jour, ce nigaud, plaisanta Victor.

— Je vous laisse, dit Dorothée, déjà sur le palier.

Martin l'y rejoignit.

— Tu me diras qui est Isabelle ? lui redemanda-t-elle.

— Tu as mal entendu, je te jure.

— Amusez-vous bien !

Elle entra dans l'ascenseur, laissant Martin godiche sur le pas de sa porte ouverte.

— Habille-toi, prends ton sac, on y va, dit Victor.

— J'arrive…

Martin enfila son tee-shirt, décrocha son blouson, prit son sac qu'il avait préparé la veille, il s'en souvenait. Il referma sa porte à clef et ils attendirent que l'ascenseur remontât.

— Vous voulez vraiment aller à Trouville ? dit-il.

— Quinze jours au vert, c'est une aubaine.

— Une grande maison pour nous seuls ! se réjouissait Allison.

— Et nous sommes venus te cueillir à l'heure !

— Je vous suis…

Ils entrèrent dans l'ascenseur et appuyèrent sur le bouton du rez-de-chaussée.

— Il faut prendre les billets de train, dit Martin.

— Je les ai, triomphait Victor.

— Tu n'as pas oublié de prévenir tes grands-parents ? s'inquiéta Allison.

— Non. Ils nous attendent.

— Dépêchons ! commanda Victor.

— À Saint-Lazare ! dit Allison.

Dans la rue, ils marchèrent vite jusqu'au métro.

35

Gare Saint-lazare

Les portillons électroniques ne s'ouvrirent qu'un quart d'heure avant le départ du train affiché. Ils durent marcher vite en bousculant quelques lambins pour monter dans la première voiture avant la locomotive, ce qui leur permettrait de descendre plus près de la sortie à la gare de Trouville-Deauville, sans être trop embarrassés par les valises à roulettes des habitués pressés. Martin traînait un peu derrière ses amis qui en avaient soupé de ses réticences : l'idée de ce séjour venait de lui et il semblait pourtant y résister. Ils grimpèrent enfin dans leur wagon et occupèrent trois places groupées. Quand le train démarra, personne n'était venu s'installer dans leur carré, comme s'ils avaient réservé leurs places. Martin ne disait rien et il somnola dès Mantes-la-Jolie pour n'ouvrir un œil qu'une heure plus tard, à l'arrêt en gare d'Évreux.

— Ah ! siffla Victor, monsieur nous fait l'honneur de revenir parmi nous !

— Comme compagnon de voyage, tu te poses là ! remarqua Allison, ses baskets posées sur le siège libre.

Martin s'étira en bâillant :

— Vous voulez que je vous serve de guide ?

— Par exemple…

— Dans vingt minutes nous nous arrêterons à Bernay, encore vingt minutes et ce sera Lisieux dont vous apercevrez l'immonde basilique, et puis Pont-l'Évêque avant notre terminus…

— Bravo pour le chef de gare, se moqua Victor.

— Que voulez-vous donc savoir ?

— Nous aimerions que tu nous racontes le cauchemar qui t'a mis dans un sale état, le pria Allison.

— Sans importance…

— Au contraire. On aimerait savoir les raisons de ta méchante humeur.

— Ça va, je vous assure.

— On t'écoute.

— Si vous y tenez…

Et Martin leur fit un premier récit de son rêve si perturbant de la nuit passée :

— Nous étions partis comme aujourd'hui par le train direct du matin. Il faisait beau, comme maintenant. Une fois arrivés, nous avons traversé le pont pour longer le quai de Trouville. En moins d'une demi-heure nous étions chez Robert et Mathilde…

— C'est qui ?

— Mes grands-parents, qui nous invitent parce qu'ils doivent partir en voyage pour retrouver un vieil ami à Barcelone…

— Ils partent quand ?

— Demain matin. Et je parie, Allison, qu'ils nous attendent pour déjeuner. Vous allez voir la cérémonie des repas ! On mange toujours trop, chez eux.

— Et après ?
— Après ?
— Il n'a encore rien d'un cauchemar, ton rêve. Il serait même plutôt banal, disait Victor.
— Voire soporifique, ajoutait Allison.
— Après, c'est simple et affreux…
— Enfin ! Affreux en quoi ?
— L'eau s'est mise à monter…
— Dans la maison ?
— Pas encore. Vous vouliez voir la mer…
— Bon. Tu nous as montré la plage.
— Non. Il n'y avait plus de plage.
— Elle s'était volatilisée ?
— Elle était sous l'eau.
— Je ne comprends pas très bien…
— La mer l'avait recouverte. Il n'y avait plus que la mer, jusque dans les rues qui y menaient.
— Elle était montée plus haut que d'habitude ?
— Trop haut.
— C'est tout ? demanda Allison, déçue.
— Non. L'eau s'infiltrait partout !
— Dans la maison aussi ?
— Ta villa, elle donne sur la plage ?
— Pas du tout. Elle est à cent mètres dans les terres.
— Oui, ça semble improbable…
— N'oublie pas que c'était un rêve !
— D'accord, reprit Victor, dans un rêve l'improbable devient possible…
— Ou prémonitoire.
— Si tu crois à la magie, peut-être.

— Je ne crois qu'à ce que je vois.

— Eh bien nous allons vérifier. Nous arrivons à Pont-l'Évêque. Dans dix minutes nous serons sur place.

— Et la plage sera toujours là, riait Victor.

En le relatant, Martin avait épuré son cauchemar, qui en paraissait anodin, oubliant volontairement bien des péripéties qui les concernaient directement. Ils arrivaient. On allait voir, ou non. Martin penchait pour la seconde solution. Il respira à fond l'air marin qui soufflait dès le quai.

36

Morituri

Devant la gare des années trente du terminus, avec ses colombages peints et son toit géant, Allison pensa prévenir de leur arrivée les grands-parents de Martin.

— Pas la peine, répondit celui-ci. Ils allument rarement leur portable rudimentaire.

— On y va à pied ?

— Ce n'est pas très loin, et vous verrez un peu Trouville.

— Allons !

Ils tournèrent le dos aux taxis de la station qui espéraient le client, traversèrent le pont et descendirent le long du quai. Victor s'arrêta devant le manège qu'il trouva superbe, avec son mélange d'animaux, de voitures et de biplans. Martin ne lui précisa pas que dans son cauchemar il y mourait, emmené par une vague, mais il se contenta de lui dire :

— On ne s'attarde pas, on nous attend. Il ne faut pas inquiéter mes grands-parents...

Et il le prit par la manche. Plus loin, il dissuada pareillement Allison qui regardait la vitrine d'un marchand de chaussures :

— Tu veux t'acheter des bottes ?

— Des bottes, non. Pourquoi tu me dis ça ?

— Je ne sais pas. S'il pleut, peut-être...

— Regarde le soleil. Le temps est superbe !

— Ici, le temps change vite.

Ils arrivèrent devant le casino, énorme meringue blanche avec un fronton des Années folles. Quand ils y parvinrent, Victor questionna son ami :

— La mer, elle est où ?

— Juste après le casino.

— Allons vérifier qu'elle est toujours à sa place.

— Si tu veux...

Ils doublèrent bientôt le bâtiment, se rassurèrent en voyant une troupe d'enfants qui jouaient sur le sable, puis, à leur droite, des retraités en vacances qui lançaient leurs boules de pétanque dans un espace réservé. Plus loin ils croisèrent deux dames en train de papoter sur un banc. Ils empruntèrent le chemin de planches qui courait au ras des maisons, que l'on appelait la promenade Savignac, du nom d'un célèbre affichiste qui avait résidé dans la station. La plage n'avait pas disparu et cela semblait réconforter Martin. Les rangées de parasols étaient alignées, des gens en maillot allaient et venaient. Un enfant avec une bouée courait vers les premières vagues, très loin car la marée était basse. Ils virent *Le Galatée*, le restaurant le plus proche de la mer, les grillages du tennis, le bois blanc des cabines sous le soleil, un enclos de poneys désœuvrés...

Tout semblait terriblement normal.

Ils obliquèrent juste après le marchand de glaces, en remontant la rue de Paris pour regagner le cœur de la ville. Ils empruntèrent des petites rues, évitèrent par chance les déjections des mouettes qui les bombardaient de leurs fientes entre deux maisons, pour atteindre enfin l'entrée de l'impasse fleurie où se nichait la villa des Portallier.

— C'est là ! dit Martin.

D'un geste de théâtre, il désignait à ses amis la dernière maison à droite de cette impasse qui s'ouvrait au milieu de la rue d'Orléans. Disant ces mots, faisant ce geste, Martin eut l'étrange sensation de se répéter. Il se souvint du début de son cauchemar, surtout quand il entendit les commentaires d'Allison et de Victor :

— Grave, la baraque !

— Pas mal…

Martin restait bloqué à l'entrée de l'impasse. Ses jambes étaient paralysées, il ne pouvait plus faire le moindre geste. Il regardait ses amis avancer dans l'allée de graviers et se boucha les oreilles. Allison salua une vieille dame à sa fenêtre qui semblait les regarder mais ne les voyait pas. Puis Victor se déplaça de l'autre côté et se pencha par-dessus une grille blanche.

Martin vit alors Isabelle, lunettes de soleil au bout du nez. Ils parlaient ensemble quand le portail voisin s'ouvrit et que le grand-père Portallier les invita à entrer. Martin, que gênait cette répétition, décida de modifier leur arrivée dans la villa et, sur un ton de plaisanterie, lança à l'ancien professeur d'histoire de l'Antiquité :

— *Ave*, Robert, *morituri te salutant* !

— Âne bâté ! Ta formule est incorrecte !

— Je l'ai entendue cent fois...

— C'est le latin elliptique du Bas-Empire ! En latin classique, tu aurais dû me dire *qui morituri sunt te salutant*, « ceux qui vont mourir te saluent » ! Et puis cette formule, je la soupçonne inventée par des scénaristes de péplums. Les gladiateurs, surtout à la fin de l'Empire, étaient des rock stars ! Ils n'avaient aucune envie de s'entretuer. Allez, entrez, entrez...

Après quelques réflexions sur sa canne malcommode, le grand-père demanda à Martin de lui présenter ses amis, ce qu'il fit :

— Allison Bouvillon.

— Mademoiselle...

— Monsieur, merci de nous recevoir.

— Turlututu ! Appelez-moi Robert et oubliez vos *Monsieur* de cérémonie !

— Victor Audoin, continua Martin.

— Audoin ? C'est le nom de mon libraire de livres anciens...

— Rue Saint-André-des-Arts ?

— C'est ça. J'ai bien connu votre père. Un gros monsieur vissé à sa chaise qui consultait et annotait ses fiches au stylo.

— Vous parlez là de mon arrière-grand-père.

— Oui, reprit Robert, ma notion du temps s'affaiblit. Eh bien vous ne serez pas dépaysé, ici ! Il y a des bouquins sur tous les murs ; un bon nombre viennent de chez Audoin, vous les reconnaîtrez peut-être... Il m'a ruiné, votre ancêtre !

— Navré, dit Victor.

— Se ruiner en livres, c'est s'enrichir.

— Mon grand-père avoue vingt mille livres… compléta Martin qui avait la sensation de rejouer une scène déjà écrite.

À ce moment, une femme aux cheveux blancs noués en queue-de-cheval apparut à l'une des fenêtres en surplomb du rez-de-chaussée. Elle portait une tunique à fleurs colorées et parlait d'une voix douce :

— Les enfants, vous arrivez pile à l'heure du déjeuner !

— Mathilde, laisse-les d'abord s'installer, lui répondit son mari.

— Dans une demi-heure on se met à table.

— Allez, Martin, dit le grand-père, montre leurs chambres à tes amis...

Tout recommencait. Martin se souvint d'une phrase, dans un film de vampires : « Quand il passa le pont, les fantômes vinrent à sa rencontre. » Et, bravement, il monta les huit marches du perron qui les conduisaient à l'intérieur de la villa.

Trouville, 2021.

TABLE

DU MÊME AUTEUR *(suite)*

Avec Michel-Antoine Burnier

LES AVENTURES COMMUNAUTAIRES DE WAO-LE-LAID, Belfond, 1973.

LES COMPLOTS DE LA LIBERTÉ: 1832, Grasset, 1976 (Prix Alexandre-Dumas).

PARODIES, Balland, 1977.

1848, Grasset, 1977 (Prix Lamartine).

LE ROLAND BARTHES SANS PEINE, Balland, 1978.

LA FARCE DES CHOSES ET AUTRES PARODIES, Balland, 1982.

LE JOURNALISME SANS PEINE, Plon, 1997.

Avec Jean-Marie Stoerkel

FRONTIÈRE SUISSE, Orban, 1986.

Avec Bernard Haller

LE VISAGE PARLE, Balland, 1988.

FREGOLI, un spectacle de Jérôme Savary, *L'Avant-Scène Théâtre* n° 890, 1991.

Avec André Balland

ORAISONS FUNÈBRES DE DIGNITAIRES POLITIQUES QUI ONT FAIT LEUR TEMPS ET FEIGNENT DE L'IGNORER, Lattès, 1996.

Cet ouvrage a été imprimé par
CPI Firmin-Didot au Mesnil-sur-l'Estrée
pour le compte des éditions Grasset
en septembre 2022.

Composition réalisée par Belle Page

PAPIER À BASE DE
FIBRES CERTIFIÉES

Grasset s'engage pour
l'environnement en réduisant
l'empreinte carbone de ses livres.
Celle de cet exemplaire est de :
600 g éq. CO_2
Rendez-vous sur
www grasset-durable fr

N° d'édition : 22576 – N° d'impression : 170967
Dépôt légal : octobre 2022
Imprimé en France